U0025899
原本陰沉的我要向青春復仇
2
和那個
天使般的女孩一起
Re life
慶野由志
插畫
たん旦
Kadokawa
Fantastic Novels

最先誇獎我的
變化與努力的……
一直都是紫条院同學。
「而且還希望
我教妳功課……
竟然如此地倚重我……
這讓我高興到
快要流眼淚……
所以，我希望
能回應這份信賴
一直到最後……」
「新濱同學……」
不行了，好睏。
睏到腦袋沒辦法好好運作。

「而且……
我希望能盡量延長……
跟紫条院同學一起用功的時間……」
「咦——」

「要是考出來的成績辜負了
幫忙我到這種地步的新濱同學該怎麼辦……
這是我唯一感到不安的事情。」
然後紫条院同學
就一直凝視著我。
她的眼裡帶著深深的感謝——
以及開朗的心情。
「託新濱同學的福，
才能努力到這種地步——
我想要挺起胸膛來說出這句話。」

這麼說完後，紫条院同學
就露出滿足的笑容。

「新濱同學就說了
『妳剛才想抓住紫条院同學對吧？
別幹這種事好嗎』
來保護我！」
Shijoin Haruka
紫条院　春華
天真爛漫且對任何人都很溫柔，
是全校公認最漂亮的美少女。
為了答謝新濱幫忙指導功課
而親手做菜來招待他。
Niihama Shinichiro
新濱　心一郎
穿越時空回到
高中二年級的前社畜。
以大人的心智享受著
第二次的青春。

「哦哦哦哦！
然後呢？
之後怎麼樣了？」
可惡，秋子小姐竟然也
眼睛閃閃發亮地追問下去！
Shijoin Akiko
紫条院　秋子
沉迷於少女漫畫，
對於女兒的戀愛情形
也興致勃勃。

第二集也要
開始嘍！

原本陰沉的我要向青春復仇
慶野由志
插畫 たん旦
2
和那個
天使般的女孩一起
Re life
Kadokawa Fantastic Novels

CONTENTS

序幕
校慶當晚的紫条院家

序幕
校慶當晚的紫条院家

校慶結束後當天晚上。

早已過了傍晚來到夜幕低垂的時間，我——新濱心一郎現在正經歷人生中第二次跟女孩子一起放學。

「那個，新濱同學很抱歉。你家明明不住附近，還麻煩你送我回家……」

走在旁邊的少女很不好意思般怯生生地這麼說道。

她的名字是紫条院春華。

除了是擁有上帝親手捏製般美麗外貌的少女之外，加上高雅的說話方式，讓她散發出一種童話故事中公主一般的氛圍。

不論是巨大寶石般的眼睛、珍珠般光豔的肌膚還是最高級綢緞般的頭髮都太過美麗，不論誰跟她待在一起，目光都會被她所吸引吧。

（雖然現在才有這個感想有點太遲，不過這個女孩真是太可愛了……）

這名惹人憐愛，無時無刻都像個天使般的少女，即使在這樣的夜色當中也相當耀眼。

然後——這樣的她現在的意識與視線都放在走在旁邊的我身上。

（跟紫条院同學走在夜晚的街道，這在「上輩子」根本只是妄想……現在已經是第二次了嗎？真的好像在作夢一樣……）

之所以使用「上輩子」這個詞，是因為我正在過第二次的人生。

原本過著盡是失敗的社畜人生，最後過勞而死的我……命運不知道出現了什麼樣的Bug，當我醒過來時已經帶著大人的記憶回到高中時期了。

我當然因為這種超常現象而嚇得半死。到現在也還不知道這種現象的原理與意義。但是……既然如此就發誓這次一定要讓全是後悔的人生變得開朗的現在，正拚命跑在獲得第二次機會的青春道路上。

「別這麼說，完全是因為我才會這麼晚離開學校。何況天色這麼暗了，怎麼能讓妳一個人回家呢。」

對於擁有大人心智的我來說，絕對不允許讓女孩子獨自走在如此黑暗的道路上。

而且說起來紫条院同學會待到快超過最後離校時間，完全是為了等待因為校慶的疲勞而睡著的我。

「呵呵，謝謝。這是第二次像這樣跟新濱同學一起回家了……還是跟上一次一樣真的很開心！」

序幕
校慶當晚的紫条院家

「……嗚。」

天然呆的大小姐以似乎能聽見「啪嚓！」這種狀聲詞的耀眼笑容說出天真無邪的發言。然後我的少男心又被她的言行給弄得小鹿亂撞。

雖然她總是用那張漂亮臉龐做出讓男人會錯意的天真爛漫行為，但對於現在的我來說，這種魅力與帶著好感的直接攻擊發揮出比昨天之前更強大的效果。

（咕嗚嗚嗚……！雖然用社會人士訓練出來的撲克臉隱藏住了……但心跳從剛才就不斷加快……！）

不過，其實也難怪我會這樣。

怎麼說我都才剛剛發覺對於紫条院同學的戀愛感情。

而且還發現這份心意是從典型陰沉角色的「前世」高中時代就一直存在於下意識裡，光是像這樣走在她旁邊就能讓我無條件籠罩在幸福感當中。

（幸好現在很暗……要是在明晨的太陽底下看見紫条院同學燦爛的笑容，我究竟會變成什麼樣子呢……）

現在的這個「我」，經驗值與心智的強度雖然仍然是大人，但感情與思考卻還是跟高中生一樣生澀。因此光是像這樣待在心儀少女的身邊，正處於思春期的我就不由得心跳加速。

嗯，上輩子沒有跟任何人交往就結束了，所以完全沒有那方面的經驗可能也產生很大的影響啦……

「啊，新濱同學果然還昏昏沉沉的。你還沒完全清醒嗎？」

「咦？呃，嗯……還有點暈暈的。」

我從剛才開始就沒辦法正視紫条院同學的臉龐，頻頻露出心不在焉的樣子。

天真的少女似乎認為這種可疑的模樣是因為剛醒過來的我腦袋還有點模糊不清。

（嗯……應該是因為剛才從腿枕狀態醒過來時，為了隱藏害羞而表現出「剛起床腦袋不是很清醒，不記得剛才頭靠在大腿上了」的模樣吧。）

在教室裡頭橫躺在紫条院同學雪白大腿上時的感觸與甜香再次復甦，讓我的臉頰開始發紅與發燙。

（對我來說，能把頭靠在從前世就一直是神聖存在的紫条院同學腿上，就已經像是作夢一般的情境了……）

對自己的心意有所自覺而進入亢奮狀態的現在還不要緊，等回到家冷靜下來又回想起腿枕時間的話，我有自信會因為喜悅與羞恥而痛苦地掙扎。

「……哦，到了。」

抵達目的地的我們停下腳步。

眼前建立在郊外一角的巨大豪宅正是紫条院家的房子。

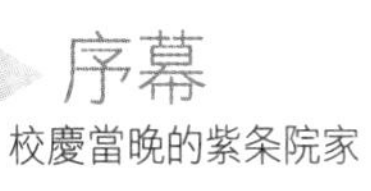

序幕

校慶當晚的紫条院家

房子被寬敞的庭院與高大的圍牆包圍，門口還設置了好幾支監視器。

雖然已經是第二次像這樣眺望了，不過每次看都會不由得感覺到社會地位的差距。

（這棟房子還是那麼雄偉……要是真的順利跟紫条院同學成為戀人，那個時候就得到這棟像城堡一樣的宅邸打招呼了嗎……？）

嗯，就算我的戀情能順利成功，那也是很長一段時間之後的事情。我也未免太心急了，忍不住吐嘈自己「這樣有點噁心喔」。

「那個……新濱同學。」

「嗯？」

紫条院同學以略為嚴肅的面容看著我。

「今天……」

或許是因為夜色而看不清楚這邊的模樣吧，紫条院同學在我身邊開口說道：

「今天是我從小學到現在的校園生活裡最快樂的一天。」

如此表明的聲音裡，帶著若干緊張與強烈的心情。

「是一個像作夢一樣開心，一切都按照願望來發展的校慶……我想即使長大成人也絕對不會忘記這一天。」

說到這裡停了一下後，少女又接著表示：

「所以真的很謝謝你，新濱同學。感覺今天好像老是在道謝……不過再怎麼樣都無法完全表達我的感謝之意。」

「沒有啦……這次的校慶不全都是我的功勞，是全班順利合作後得到的結果。紫条院同學自己也很努力啊。」

「是啊，但是……沒有新濱同學的話絕不可能變成那麼完美的一天。也絕對無法……產生如此暖洋洋的心情。」

不知道是否祭典後的興奮與溢出的喜悅所致，紫条院同學的眼睛看起來相當濕潤。

我清楚地理解了那種表情代表著什麼意思。

原本認為自己不可能獲得如此快樂又華麗的青春的一頁。

還以為這種青春期的夢想只存在於故事當中。

我打從心底了解當它們全都變成現實的這種興奮感。

因為怎麼說我都是現在正為了未知的青春而興奮不已的人。前世原本乾燥無味的校園生活竟然變得如此鮮明強烈的感動，讓我的心最近每一天都雀躍不已。

（其實我才想要道謝……跟紫条院同學一起度過的第二次高中生活實在是太珍貴了。）

少女的感謝與笑容實在讓人太過愉悅，回過神來才發現我一直望著紫条院同學的臉龐。然後──

「「啊……」」

在這樣的極近距離下，我們同時發出聲音。

理由是因為我們注意到……

共享祭典後愉悅高昂感的我們，從剛才開始就在非常近的距離下凝視著對方這個事實。

「那個，抱歉……一直盯著妳看。」

「啊，不會……」

像抵擋不住害羞感般移開視線後，我就為了隱藏內心的動搖而這麼表示。

而紫条院同學也以失去冷靜的模樣紅著臉頰。

糟……糟糕……忍不住就太專注於盯著心儀女孩的臉龐。

「那……那麼，明天見，紫条院同學！」

「好……好的！新濱同學比其他人出了更多力，真的要好好地休息喔！」

道別完後，我就轉身背對紫条院家離開了。

胸口帶著跟昨天之前完全不同的激昂感。

自己原先一直忘記的戀愛感情，助長了因為離開而依依不捨的心意，讓臉頰出現未知的熱度。

發誓這次一定要珍惜前世封印住的這份感情——我在黑夜當中朝著自宅邁開腳步。

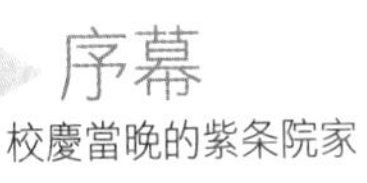

序幕

校慶當晚的紫条院家

＊

我的名字叫紫条院時宗。

除了在名為千秋樂書店的全國連鎖公司擔任社長外，今年五十歲的我同時還擁有宛如二十歲般年輕美麗的妻子，以及跟天使一模一樣的女兒，可以說是人生勝利組中的勝利組。

正因為工作相當忙碌，在家放鬆的時間才會是我心靈的慰藉，今晚也享受著柔軟的豪華沙發以及美味的高級葡萄酒。

雖然這麼說似乎有點自大，不過我應該過著任何人都會羨慕的人生吧。

出身於一般家庭的我，一邊撫摸著每天早上修剪的鬍子一邊不由得沉浸於真的走了很長一段路的感慨當中。嗯，不過這些都不是重點——

「喂，秋子。剛才的春華是不是有點奇怪？」

「咦？哪裡奇怪了？」

坐在我對面沙發上的妻子秋子，看起來就像是春華美麗的容貌直接刻畫上歲月痕跡那樣，而且還年輕到足以被錯認為姊妹。

我愛上身為紫条院家大小姐的她，好不容易才與她共結連理，不過春華天真爛漫的個性確實很像母親。

「沒有啦，剛才春華回來的時候好像發生了什麼好事一樣，臉上一直帶著笑容，而且看起來很興奮。」

「是啊。應該是因為讓男孩子送到家門口的緣故吧？」

「哦，原來如此讓男孩子送到家……妳……妳說什麼——————！」

以悠閒口氣從老婆嘴裡說出的話，讓我從嘴裡迸發出驚愕的尖叫。

「呵呵，嚇我一跳。剛才從監視器稍微看了一下狀況……她在家前面跟像是同班同學的男孩子熱絡地聊著天。」

秋子雖然很開心般這麼說著，但這對身為父親的我只是惡夢般的報告。

「妳說讓男生送回家……！不……不會是男朋友吧？」

「雖然不確定是不是男朋友，不過春華確實是首次跟男生一起回來。呵呵，那孩子雖然是我的女兒不過實在太純真，完全沒有那方面的消息……以此為契機而萌生戀情就太棒了♪」

「一點都不棒……！春華談戀愛？發生那種事情不會有任何好處！高中生談戀愛還太早了……！」

「哎呀，老公。如果這是真心話那就太噁心了。」

帶著笑容的妻子做出的毒舌發言雖然刺進胸口，即使如此我還是不允許發生這種事。

序幕
校慶當晚的紫条院家

妻子似乎歡迎女兒身邊出現男性的身影，但男人有很高的機率是惡狼或者毒蟲類的生物。我無法無視春華變成犧牲品的危險性。

「那個孩子太純真了！身為父親當然會永遠覺得這樣很可愛……但她根本不知道該如何應付被自己可愛模樣吸引過來的男人！因此身為父親當然得像這樣小心防範吧！」

「嗯……聽你這麼一說確實是無法反駁。那孩子實在太可愛，而且還比我更沒心機……」

當我指出春華警戒心薄弱的缺點後，妻子似乎也無法無視這一點。

沒錯，春華的容貌也是一個問題。憑那種可愛的模樣，就算有再多的男人被她吸引也不奇怪。雖然在女兒的要求下讓她去念公立高中，不過其實我是想讓她置身於能夠再多排除一些壞孩子的環境裡。

嗯……話雖如此，要是問到全都是有錢人子弟就讀的私立名門高中是不是就沒有壞蛋，答案也只會是ＮＯ。

「但是老公，春華也十六歲了喲？太過干涉的話，『最討厭爸爸了！』這種常見的發言就會丟過來嘍～」

「嗚……雖然不希望發生這種事，但我再怎麼被討厭也得盡身為父親的責任。絕不允許來歷不明的男人隨便靠近春華！」

「哎呀，追求到因為家世而不食人間煙火的我時，你還只是弱小新興企業的社長，現在有資格說這種話嗎？我爸爸還不是一直把你當成害蟲。」

「哎呀，這個嘛……誰教我愛上妳了，這也沒辦法啊！」

「……真是的，老公。這種話應該在氣氛好一點的時候再說吧。」

「唔……唔嗯……」

突然把臉別開去的妻子，以略紅的臉頰對我提出抗議。

這種像個少女的地方，從相遇時到現在都沒變過。

「嗯，說不定哪天會帶對方到家裡來呢。到了那個時候再好好地判斷究竟是什麼樣的孩子就可以了吧。」

「哼！如果那個傢伙到家裡來打招呼的話，我就用討論十億生意等級的壓力面試來對待他！沒骨氣的臭小鬼應該會再也不敢接近春華吧！」

「哎呀，那孩子選擇的對象說不定能承受下來喲？」

「啊哈哈！不可能啦！就算是經歷千錘百鍊的業務專家也會承受不住壓力而嚇得魂飛魄散！如果能撐得過去……這個嘛。那大概就是被奪走人類尊嚴，每天遭到辱罵，克服所有不合理難關心靈還沒有崩壞的奴隸士兵般菁英吧？」

高中生裡當然不可能出現這樣的傢伙。

不過，老實說要不是擁有如此強大精神力的傢伙，根本不能讓我把女兒交給他。

序幕
校慶當晚的紫条院家

「哼，不可能有這種人啦！如果是可以承受我百分之百全力壓力面試的男人，那不要說跟春華交往了，要我允許他們結婚也沒問題！」

我想像著仍未見過面的害蟲嚇到魂飛魄散的模樣並呵呵笑著，看見我這種模樣的妻子則是發出「哦……」的聲音，並浮現帶著深意的笑容。

▶第一章◀ 校園階層頂端的自大型帥哥來找碴

校慶結束後過了一個星期的今天，走在放學後校舍裡的我腳步相當輕快。

為了解決章魚燒咖啡廳的麻煩而筋疲力盡的身體，到了隔天肌肉痠痛的程度固然相當嚴重……但靠著年輕肉體的恢復力不到兩天疼痛就消失了。

（結束後回顧就覺得是非常開心的校慶，但實在太累人了……風見原那個傢伙推給我什麼校慶實行委員顧問的職位根本是空有其名，實際上幾乎是總指揮了。）

校慶的慶功宴之所以會不小心睡著，也是因為累積的疲勞所致。

（雖然對當時為什麼只有紫条院同學留在教室感到不可思議，不過她竟然為了讓我多睡一點而陪在我身邊……真的是很溫柔的女孩子呢。）

從我行我素的眼鏡少女風見原那裡聽見事情經過時，不用說紫条院同學的貼心當然又讓我重新愛上她了。

（不過現在看著紫条院同學的臉也總算能保持平靜了。校慶當天晚上送她回家時雖然靠著亢奮感撐了過去，但隔天早上上學途中遇見時就真的很危險……）

有所自覺的愛意或許是因為累積了多年的歲月而變得更為強烈吧，光是看見紫条院同學的臉、聽見她的聲音就會不由得感覺到自己的內心產生強烈的喜悅。

就因為這樣，從校慶隔天開始就有好一陣子都處於心跳加速狀態，不過現在終於變得可以裝出平靜的模樣了。

（上次的校慶後班上不少同學也開始認同我了，真是太和平了。嗯，不過期末考馬上就要到了，還是不能太過放鬆。）

關於期末考，其實跟自己比起來，我還比較擔心紫条院同學。

期中考成績相當不理想的紫条院同學，被父親下達了「下次考試成績低於全校總平均就一陣子不准看輕小說」的命令，於是校慶前喜歡輕小說的少女就噙著淚水拜託我指導她功課。

就這樣，我跟紫条院同學好幾次在放學後留下來開讀書會，紫条院同學對於期末考的準備工作在加上她本人高度的學習意願後，進行得相當順利。

（校慶準備期間讀書會的頻率減少了，接下來就增加一些次數吧。呵呵，話說回來……雖然明白要以用功為最優先，不過能夠兩個人獨處還是很讓人高興……）

回想起至今為止經歷過好幾次的只有兩人的讀書會，我的心跳就略為加快，同時沉浸在溫暖的幸福感當中。

藉由穿越時空所獲得的第二次青春雖然才剛開始……光是能像這樣每天以健康的心情過日

子就已經能說是成功了吧。

當我沉浸在這樣平穩的氣氛裡時——

「你這傢伙，少不自量力了。」

「啥？」

在沒有其他人氣息的放學後走廊上，一名魯莽朝我走過來的男學生唐突地說出莫名其妙的發言。

（這傢伙是誰啊？雖然長得很帥……）

對那個傢伙的第一印象是「從少女漫畫走出來的王子系自大帥哥」。

不但身材高大，還留著無視校規的略長頭髮，態度則是極為目中無人。

整體散發出高壓的氛圍，同時眼睛也相當自然地射出瞧不起人的視線。

光是看見他一眼，腦袋裡就浮現出「傍若無人」這個形容詞。

「你那是什麼反應？你這傢伙是新濱吧？」

「是沒錯……但你是誰啊？」

「……什麼？你這傢伙難道不認識我嗎？真是的……所以嘍囉才如此令人退避三舍。實在太過駑鈍了。」

什麼啊啊啊啊啊啊啊啊！

誰會知道不是朋友的其他班男生叫什麼名字啊，笨蛋！

「我是二年級的御劍隼人。再怎麼樣應該也聽過御劍集團的名字吧。」

（御劍？御劍是那個……？）

這附近相當知名的有力人士家族，其營運的御劍集團這個總公司，傘下有許多子公司以及相關企業。雖不算全國等級，但權勢也擴展到鄰近的縣市，家族應該可以算是富豪吧。

然後從談話的內容來看，這傢伙似乎是該集團的小開。

（上輩子的高中時代也曾聽過學校裡有這種身分不適合就讀公立學校的有錢人家公子……不過完全沒有接觸過。沒想到個性竟然如此令人火大。）

話說回來，這輩子似乎也曾稍微聽過銀次與其他男生談論過關於他的話題。

我記得內容是他不只家裡有錢，連功課與運動也是萬能，而且還頗受女孩子歡迎，可以說是完美超人之類的。

（不過外表與個性都完全是自大型……而且還是校園階層的最上層嗎？）

原本就是身材高挑的美男子了，老家還是以本地為根據地的企業集團總公司，而且還文武雙全。已經可以說是校內最高等級的存在了吧。

「然後呢？不自量力什麼的到底是什麼意思。」

「當然是春華的事情啊。」

什……！你這臭傢伙……！

你這混帳憑什麼直接叫她的名字……！

「別靠近那個女孩。你沒資格待在那種等級的女孩身邊。」

「啥？你有什麼資格對我說這種話啊？」

「你還不懂嗎？你光是跟春華待在一起就是一種罪惡。」

這個叫什麼御劍的，簡直就像在教笨小孩常識般說道：

「聽好了。像你這種長得不好看又不聰明也沒錢的傢伙就是『下等人』。像我跟春華這種擁有一切的則是『上等人』。最高級的寶石上要是停著一隻蒼蠅，是人都會把牠趕走吧？」

雖然早已理解他是自大型的人，但所說的話卻不只是用傲慢就能形容。

簡直就像奇幻小說裡歧視庶民主角的惡劣名門貴族。

「所以就不能接近紫条院同學？你這傢伙到底憑什麼這麼說。你有什麼權利單方面要我接受這樣的要求。」

我以微慍的表情這麼說完，御劍就用瞧不起人的態度輕笑了一聲。

「想知道嗎？那就告訴你吧。我跟春華是將要攜手共度未來的關係。」

你說……什麼？

「門當戶對的我們，從幼年時期就很熟了。春華註定將來要站在我的身邊。」

第一章
校園階層頂端的自大型帥哥來找碴

「嗚！」

聽見御劍帶著滿滿自信說出的話，我的內心產生強烈的動搖。

從幼年時期就很熟了……難道是青梅竹馬的意思？

然後將來要白頭偕老，不會是具有傳統的兩個家族決定了婚事吧？

（怎麼可能……）

前幾天才剛發覺自己愛意的心被利刃刺入。

驚愕、不安、困惑、衝擊——這些感情全混在一起，甚至讓我覺得有點想吐。

自己心儀的對象可能會被討厭的傢伙搶走——光是想到這裡，就有股從腳底墜落深淵般的恐懼感油然而生。

「這樣你知道自己有多不知好歹了吧？快點從春華面前消失吧。」

由於上輩子沒有失戀的經驗，我成人的心智只對與戀愛相關的痛楚沒有抵抗力。未曾體驗過的恐懼讓我的身體畏縮，被眼前校園階層頂端所說的話痛擊。

但是——

「當然是拒絕啊。夢話等睡著再去說吧。」

「你說什麼……！」

我咬緊牙關，正面望著御劍如此表示。

要問這個傲慢臭傢伙的發言是否沒有造成傷害，答案當然是ＮＯ，但我已經習慣從心靈受傷的狀態下重新振作了。如果認為這種程度的傷害我就會默默低頭那可就大錯特錯啦，你這個狗屁帥哥……！

「雖然一瞬間被你的話嚇了一跳……但冷靜一想就發現你從沒說過戀人或是女朋友這幾個字。也就是說，你尚未獲得如此明確的地位。」

「你……你這傢伙……！」

很好，看來被我說中了。雖然稍微因為人生首次的失戀危機而膽怯，但看到你那種咬破熊膽般的苦澀表情就恢復精神啦，自大的傢伙。

「不只是說大話，竟然還拒絕我的要求……！別開玩笑了！像你這樣的嘍囉真以為自己有這種權利嗎？」

等一下等一下，我才想說「別開玩笑了」。

這傢伙的思考邏輯到底有什麼問題？根本像個瘋子嘛。

即使在社畜生活裡也很少看到像這麼糟糕的傢伙——

（啊……不對，我想起來了。還真的有……）

像只因為是社長的兒子就當上主管的敗家子，還有一路走菁英路線的超高學歷傢伙就是這樣。

第一章

校園階層頂端的自大型帥哥來找碴

他們深信自己是上等的存在——說簡單一點就是貴族，而周圍的人都是低等的愚民。因此什麼常識與禮貌對他們來說都像是不存在，總是像活在封建時代般做出自以為了不起的言行舉止。

比方說——

「我可是社長的兒子喔！雖然是新進員工，憑你一個小小組長也別想指揮我！你們所有人還搞不懂自己是被我們家僱用的奴隸嗎？」

「我畢業於美國的M大學。等級跟你們這些雜七雜八的傢伙完全不同，這樣懂嗎？就算是毫無學歷的腦袋，至少也得搞清楚這件事啊。」

……嗯，大概就像這樣吧。

這只是我個人的看法，如果一個人的氣量狹小，只要能力或者權力稍微高於周圍的人，馬上就會錯認自己是偉大的存在而開始輕視其他人。

以區區社團前輩或者公司上司的權力來進行權力霸凌的人就是這種典型，只要周圍沒有比自己更強大或者優秀的存在，就無法停止這種霸凌的行為。

（光是長得英俊受女生歡迎就擁有強大的發言力了，還加上功課與運動萬能的話，光憑一介學生的力量確實沒人能夠反抗。難怪他會養成如此傲慢自大的性格。）

話雖如此，能夠如此毫不掩飾地展現桀傲不遜態度的傢伙也很少見。

程度已經超越貴族，似乎真的認為自己是王子了。

「誰理你啊。你可能自認很了不起，但我完全不這麼認為。所以不會聽你的。就這樣。」

「你這傢伙……明明是嘍囉卻敢這麼對我說話……！」

在受到校園階層支配的學校裡，至今為止只要像這樣恐嚇的話，一般學生就會像被貴族瞪視的平民般，只能乖乖聽話吧。

但是我可不會因為這樣就動搖。

上輩子的學生時代，一直認為帥哥或者運動神經優良的人是神所選出來的明星而感到顫慄。但出社會後才知道這些事情沒那麼重要，也習慣該如何應付像你這種無禮的傢伙了。

「這個嘍囉……！你以為自己在跟誰說話？聽說你這傢伙在校慶時都跟春華在一起，所以才想來警告一下可別太自以為是……想不到你竟然如此愚蠢！」

噢，原來如此。終於了解發展成這種情況的過程了。

原本還在想為什麼會突然來找我，原來起因是因為校慶時我跟紫条院同學待在一起嗎？

以遊戲來說，就像是第二輪才會發生的新情節吧。

因為「跟紫条院同學一起參加校慶」這個事件而豎起旗標，讓前世沒有接觸過的這個傢伙在我面前登場。

「你這傢伙……跟我一決勝負吧。」

第一章

校園階層頂端的自大型帥哥來找碴

「……啥？」

「只要能比賽，不論什麼項目都可以……哼，剛好期末考就要到了，就以它來分出高下。這樣比運動來得公平吧？」

「咦，哪有這樣的……為什麼我非得跟你比賽？」

原本還以為他會激憤地發動攻擊，沒想到竟然是找我比賽。

真的搞不懂極度自我膨脹的傢伙腦袋在想什麼。

「你太過愚劣了。是無法認清自己是嘍囉，還有像我這種『上等人』存在的垃圾。」

御劍以看著害蟲般的視線看著我，繼續如此表示。

我還是第一次聽到有人實際用上愚劣這兩個字……

「像你這種不懂世間規則的傢伙，需要受一場重大的挫折才能理解自己的斤兩。我是要親自教育你這個愚昧的嘍囉。」

這時我只能因為對方莫名其妙的理論而瞪大眼睛，但他似乎對自己所說的一字一句都相當認真。

啊，等等……原來如此。

我大概了解他找我一決勝負的意義了。

因為他再怎麼脅迫我都沒有感到膽怯，所以才打算在某個項目裡徹底打敗我，藉由給予失敗感來讓我屈服。

就我來看是極度唐突的要求，不過對這個人來說，這應該是讓反抗自己的傢伙失去戰意的常套手段。

「然後……賭注就是春華。」

「咦……？」

「輸的人再也不准靠近那個女孩……這就是規則。」

「什麼啊啊啊啊啊啊！」

咧嘴隨著深邃笑容所宣告的是宛如炸彈般的罰則。

這……這傢伙！是想完成什麼對我的「教育」同時排除情敵嗎？

「我拒絕！誰要接受這種比試啊！」

「閉嘴。沒人詢問你的意見。」

……啥？

這傢伙在說什麼啊？

「你沒有拒絕的權利……！既然我決定要一決勝負就不容許你逃走！你跟我要在期末考一決勝負，輸的人遵守規則再也不准靠近春華！這已經是決定事項了！」

「你……你在說什麼蠢話！沒有經過雙方同意的比試與賭注哪能算數！」

第一章
校園階層頂端的自大型帥哥來找碴

「不需要你的同意！我的決定就勝過一切！」

御劍似乎真的這麼認為，在沒有絲毫猶豫的情況下丟出這句話。

這已經是荒謬絕倫的等級了。

堅信自己百分之百正確，根本聽不進別人的發言。

「好了，你就盡量掙扎吧。因為我不可能會輸。」

露出淺笑的御劍像要表示話題就此結束般大步離開走廊。

而我則因為這太過罕見的發展而說不出半句話。

「……那傢伙到底有什麼毛病……」

其實前世的社畜時代，擺出「本大爺如此決定了！只要聽命即可！」態度的傢伙老實說也不少，不過實在沒見過有人會單方面決定需要雙方同意的約定與契約。

就像把社長的敗家子那種「偉大的本人所說的完全正確型」與惡質奧客那種「不聽對方發言只懂大叫自身要求型」綜合起來後誕生的最大等級怪物。

（不過，那樣的傢伙會出現在我眼前……說起來大概就像是校園階層的反作用吧。）

前世的高中生活之所以過著壓抑自我主張的日子，正是因為不想被那樣的惡質階層上級者盯上。

正因為盡量不引人注意也不去惹人不高興，只專心於不散發存在感，前世那個御劍才沒有注意到我。

但在第二次的青春裡，我在許多人面前擊退勒索的傢伙、在校慶時成為實質上的領袖並且相當引人注意，甚至還拉近了與可以說是校園偶像的紫条院同學之間的距離。

就是因為這樣，像那種校園階層裡的大魔王般的傢伙才會出手要趕走我。說得誇張一點，這可以算是時代潮流對脫離原本時間洪流的我降下的反作用了吧。

（那麼……這下該怎麼辦呢……？）

由於所有二年級學生當然都得參加期末考，因此我跟御劍不論如何都會有分數出現。

但我完全沒有點頭同意要跟那個傢伙比賽，所以就算輸給那個傢伙也不需要遵守「再也不能接近紫条院同學」這個規則。

因此就算完全無視這場比試也無所謂……

（嗯……不過要是那傢伙的分數比較高的話，絕對會像立下首功般大肆宣傳吧。然後打著沒有說好的約定來把我從紫条院同學身邊趕走。）

「雖然輸了也不會受到懲罰但會很煩人……那乾脆試著以獲勝為目標吧？」

就算贏了也不認為那個笨蛋會就此乖乖認輸，但至少可以讓那傢伙失去大肆宣傳的理由。

（而且……老實說那個傢伙很讓人火大。）

從這裡離開時，帶著淺笑的御劍臉上浮現出壓倒性的自信。

那是從沒思考過自己會輸的勝利組才會出現的表情。

（極度無禮的言行與瘋狂的傲慢……是我最討厭的，對於他人的痛楚毫無關心的類型。）

我的前世是失敗組。

從小不論在功課還是運動上都沒有贏過別人。

因此理所當然地養成挑戰＝失敗的壞習慣。

所以才一直避諱與他人比賽。

不過現在——內心卻充滿讓各方面來說都是我「敵人」的那個傢伙露出哭喪表情的心情。

「好……就這麼決定了。難得取得這種毫無風險的挑戰權。雖然不接受比賽，但我跟你槓上了。」

我這個每次都輸的失敗組，要挑戰一直都贏的勝利組。

這對我來說具備相當大的革命意義。

因為我出現了跟像是「態度傲慢且不管他人死活」的大魔王般傢伙戰鬥，並且打敗他的想法。

「然後既然要戰鬥就得獲勝。」

我做出的勝利宣言在無人的走廊上輕輕響起。

＊

「……為什麼會出現那種漫畫般的發展？」

「我才想問呢。」

午休時間的教室裡，我跟友人山平銀次正在吃便當。

然後在聊天當中，我說出名為御劍的男生單方面對我宣告「以期末考來一決勝負！這是決定事項！」一事後，銀次就露出傻眼的表情。

「不過你真的被恐怖的傢伙盯上了呢……別人也就算了，竟然是『王子』御劍隼人。」

「咦？那個傢伙真的叫那種外號嗎？」

「嗯，家裡是經營各種公司的有錢人，本人長得英俊而且運動萬能又成績優秀，簡直就像從少女漫畫裡走出來的自大型帥哥，所以女孩子們好像是這樣稱呼他。」

王子啊……外表確實像個王子，但我的感想是言行舉止根本就是缺德貴族的敗家子。

「但為什麼那種傢伙會念普通高中啊……去念私立的有錢人學校不就得了。」

「國中好像是在私立名校就讀……但聽說太過自我中心，不斷跟其他有錢人家的子弟起衝突，所以父母親強迫他到普通高中讀書。」

「轉到全是庶民，即使發生衝突也不會有問題的高中嗎？如果是這樣，也太會給人添麻煩了吧……」

不過以那種性格來看，引起許多衝突這個部分的消息應該相當可靠吧。我的眼裡浮現他那種目中無人的桀驁不遜態度。

然後在眾多公立高中裡選擇本校就讀的理由……難道是因為有紫条院同學在的緣故？

（話說回來……紫条院同學為什麼會來念這所普通高中呢？雖然多少能想像得到理由，但不曾聽她提過……）

驚人的是才突然想起那個惹人憐愛的少女，感覺跟御劍談話所累積下來的疲勞感就漸漸融化了。光是在腦袋裡描繪那張可愛的臉龐就能成為能量飲料什麼的，那個女孩的天使之力真是太厲害了。

「不過那種『一決勝負吧！你輸了今後就不准接近我喜歡的女孩！嗯就這麼決定了！我說決定就是決定了！』的說話方式根本是小學生嘛！那種自大的態度比傳聞中更誇張耶……」

「嗯，根本無法溝通。」

前世的高中時代是個陰沉角的我溝通能力已經夠慘了，那個王子算是跟我完全相反的慘。

「不過……反正你也沒做出任何約定，所以沒必要有所行動吧？就算御劍嚷著什麼一決勝負啦懲罰啦的也不用理他。」

「嗯，我知道。是這樣沒錯啦……不過我想試著打敗他。」

「咦？真的嗎？」

我一這麼宣告，銀次就嚇得瞪大眼睛。

「當然就算考試的分數輸了，我也不打算遵守根本沒有說好的罰則。但御劍那個傢伙絕對會大肆宣傳自己贏了什麼的。」

「就聽你所描述的，確實很可能會這樣……真是太煩人了。」

「對吧？而且可以預料到之後還會因為得意忘形而加強對我的敵對行動。所以既然這樣，才會想在他說著『好了你考幾分！』並且前來比較時獲勝，也好好挫挫他的銳氣。」

跟御劍那個傢伙談過後所知道的是，那個傢伙是自信的聚合體。

堅信自己的優越性，認為我只是路邊的一顆小石頭。

而支撐他這種想法的並非他的家世，而是自己全方位的優越能力吧。

正因為這樣——身為「嘍囉」的我才能夠藉由贏過那個傢伙來讓他感受到莫大的挫敗感。

「……辦得到嗎？對方之前的期中考是第一名喔？嗯，不過你是第十名，也不是完全沒有勝算啦。」

「嗯，那傢伙好像真的很聰明。不過……我不覺得自己會輸。」

那傢伙或許是完美超人，但並非無敵。

既然是以高中生程度的考試來決勝負，我就不可能會輸。

「老實說，很想給那個狗屁傲慢的臭傢伙一點顏色瞧瞧。」

回想起那個臭王子理所當然般直接叫紫条院同學的名字「春華」，我就恨恨地這麼呢喃著。

第二章　現正用功中！

我在自宅的客廳辛勤地動著自動鉛筆。

期末考共有十個科目，考試範圍比期中考更廣，所以必須全面做好準備。

順帶一提，上輩子的高中時期，每次考試的平均成績幾乎都快接近不及格。

（穿越時空的奇幻程度說起來跟前往異世界沒有什麼差異，但可沒有被賦予轉生輕小說裡常見的作弊能力。只能乖乖地用功讀書了。）

我所擁有的就只有來自於對人生強烈後悔的行動力，以及在社畜生活裡鍛鍊出來的意志與經驗。

但這些不算特別的能力對於第二次的青春也還有一定的效果，也靠它們才能比前世的高中時代更加接近紫条院同學——

（但是……如果有像那個御劍那樣的帥哥認真追求紫条院同學的話呢？）

英俊的外表具有絕對的優勢。

社會人士的戀愛因為意識到結婚，所以性格相當受到重視，但學生時期的戀愛，注意力當

第二章

現正用功中！

然會受到帥氣度與在運動方面的活躍等受矚目的魅力影響。

就算紫条院同學是毫無心機的天然呆個性，要是被那種英俊臉龐從正面呢喃花言巧語的話，還是會不由得有點心動吧？

「帥哥怎麼不絕種呢……」

「咦，老哥，你怎麼突然說這種話？」

在附近的沙發上看雜誌的馬尾妹妹——香奈子以詫異的表情看著我。

啊，什麼嘛。妳這傢伙在這裡啊。

「才覺得你最近比之前更加用功讀書了……嘻嘻嘻，難道又發生什麼事了？剛才的呢喃聽起來帶有很深的恨意喲？」

即使以哥哥的身分來看依然有著可愛容貌的香奈子，臉上浮現惡作劇孩子般的笑容對我這麼問道。

上輩子的時候……我跟妹妹的關係不要說疏遠了，最後甚至斷絕了兄妹關係。

但受到我今世有了種種改變的影響，我們慢慢開始有對話，最後兄妹間的距離縮短到會像這樣輕鬆地閒聊。

雖說這真的是很令人開心的一件事……但反過來說，她開始對於我從陰沉角轉向後的行動產生興趣，老是帶著奸笑詢問有什麼新八卦也很讓人困擾。

「啊，嗯。有個像王子的傢伙表示要跟我比考試的分數……說是無法忍受有蒼蠅停在寶石上什麼的。」

「啥啊？」

由於香奈子以搞不清楚狀況的表情要求說明，我就把跟御劍發生的事情說給她聽。

不論是王子的能力、受到女孩子歡迎，以及我打算擊敗那個傢伙等所有事情都交代清楚。

「哦……那個人真的那麼帥嗎？」

「是啊，所以感到有點不安……不管考試的分數結果如何，像那樣的帥哥對紫条院同學告白的話，她果然還是會有點心動吧……」

「嗯，帥哥確實很強。就跟沒有男人會討厭美少女一樣，也沒有女生會討厭帥哥。」

「嗚咕……」

雖然這是理所當然的事，但聽見個性開朗兼現充的妹妹直接這麼說還是很難過。這個世界果然是信奉帥哥中心學說嗎……？

「但那是連內在也是帥哥的時候喔。就我聽到的來判斷，那傢伙根本是狗屁，你不用擔心啦。」

「是……是這樣嗎？」

「是啊，因為那個傢伙的自大王子行動，要是沒有帥哥這個濾鏡的話，就不只是不堪入目而已了吧？」

「嗯……一般人這麼做的話，只會被當成有腦洞的傢伙，大概沒人會想靠近他吧。」

「會發出尖叫聲吹捧那種傢伙的，就只有只要是帥哥其他全部不重要的女生，或者認為像不良少年那種目中無人態度才有男子漢氣概的女生。一般女生原本就會遠離那種類型的男孩子了。」

還是國中生的妹妹，宛如看透人間冷暖的酒吧女老闆般隨口說出達觀的見解。

沒有內涵的帥哥毫無價值，她毫不猶豫地如此斷言。

「…………虧妳能做出這樣的分析耶。」

「咦，因為我跟哥哥不一樣，相當受歡迎啊。」

「別隨口就貶低哥哥好嗎！」

炫耀自己個性開朗而且是現充的妹妹太傷人了。

但香奈子不理會哥哥的悲傷，直接繼續解說下去。

「你看嘛，英俊的演員要是外遇或者霸凌等性格的缺點被發現，粉絲就會瞬間消失對吧。以男生來說好了，就算是美少女，個性極為傲慢的話也不會想跟她交往吧？」

「的確是這樣……」

回想起來的是前世遇見的美人ＯＬ。

她充滿自己很可愛所以做什麼都能被原諒的自信，所以總是歇斯底里地責備同事與後輩，對於上司則是以諂媚的態度來獲得好處。

一開始因為對方的美貌與工作能力而感到很高興，但評價馬上就變成一般的爛同事。因為調職而從我眼前消失時真的鬆了一口氣。

「就算長得再好看，能夠大放厥詞、態度傲慢還受到原諒的，就只有在輕小說或者動畫裡頭……在現實世界的話就是爛人一個。」

「正是如此。哥哥最喜歡的紫条院小姐，會去奉承那種空有外表，性格卻極為糟糕的王子嗎？」

「嗯，這個嘛……現在仔細一想，確實完全無法想像。」

冷靜下來一想，就發現思考只因為長得英俊就奉承對方的可能性本身就是對紫条院同學的侮辱。面對英俊容貌這種與自己無緣的武器，自己似乎有些亂了手腳。

「對吧？所以擔心她被帥哥搶走根本是笨蛋啦，老哥。心胸變得如此狹窄的話，原本能贏的仗也會輸掉喔。」

說完後香奈子就嘿嘿笑了起來。

這時我才終於注意到。

這一連串的對話，是為了掃除我的不安並且鼓勵我打起精神。

第二章

現正用功中！

「……說得也是。謝謝妳，香奈子。找妳商量真是太好了。」

「嘿？啊，嗯……嗯，對吧？老哥你陰暗的性格尚未完全清除，所以馬上就在戀愛裡迷失方向了，必須要我這個戀愛大師香奈子跟著你才行！」

或許是突然受到感謝而感到不可置否吧，維持著得意表情的香奈子臉頰微微染上紅暈。像這樣對於正面受到感謝沒有抵抗力的部分，就很符合女國中生的身分，讓人覺得很可愛。

「不過妳……真的很了解紫条院同學耶。」

雖然讓她看過一次照片，但為什麼會連性格都了解得如此透徹呢？

當我說出這個疑問的瞬間，心花怒放的妹妹就突然瞪大了眼睛。

「說什麼傻話啊？你以為是誰害的？老哥你自從發現自己喜歡紫条院小姐後，不是就不停對我說紫条院小姐今天發生什麼事了，紫条院小姐哪個地方很可愛嗎！」

「咦……我說了那麼多紫条院同學的事情嗎？」

自從發覺對紫条院同學的心意後，我自己也發現腦袋裡被那個天使般少女占有部分比以前增加了許多……

「就是說了喔！我確實試圖問出校慶時發生什麼愛情故事，但吐露一次實情後老哥就像脫韁野馬一樣變得只說紫条院小姐的事情！也因為這樣，我從紫条院小姐一個月閱讀幾本輕小說到她喜歡喝的果汁品牌都記住了！難道那些都是你在下意識中做出來的行動？」

「是……是這樣嗎？抱……抱歉，我完全沒有注意到……」

我那喜歡的事情就會不斷訴說的阿宅習慣似乎還存在心中，看來是一個不小心就洩漏出對於紫条院同學的愛意了。

「唉，真是的……嗯，不過總比一直無法發現自己的心意要好多了。真的沒料到那個陰沉的老哥竟然會對戀愛如此投入。」

對在各方面都產生劇烈變化的哥哥嘆了一口氣後，香奈子就這麼呢喃著。

嗯……我之所以變成這樣，完全是因為穿越時空這種真實發生的超常現象。只要不是神明就沒辦法預測到啦。

「哎，有點自信吧，老哥！現在覺醒的老哥可是比那種臭帥哥帥三千倍啦！所以別想那麼多，只要專心用功讀書徹底擊敗他就可以了！」

「嗯……嗯！考試結束後我再告訴妳那個帥哥輸了之後出現什麼樣的表情！」

「就是得這樣才行！把Love轉換成Power好好用功吧，老哥！」

因為是上輩子與其決裂的妹妹所說的話才更讓人感動。

面對帥哥這種全世界共通的強者，我已經不再有劣等感了。

為了回應這天真無邪的笑容，自己一定要獲勝，我再次於內心如此發誓。

*

「然後把這裡的數式套用上去——」

「啊，原來如此……這樣就能得出答案了。」

放學後與紫条院同學的讀書會完全變成慣例了。

一開始還懷疑自己能否勝任教師一職……不過由於紫条院同學認真的個性，到今天為止的期末考準備工作一直很有效率地進行著。

「呼，話說回來用功讀書為什麼會這麼累人呢……現在就開始害怕升上高三時的學測了……」

紫条院同學凝視放著教科書的桌子並且這麼呢喃。

或許是因為期末考即將到來，她的表情與聲音都透露出有點疲憊的感覺。

「但紫条院同學不是說過喜歡世界史與現代文學嗎？」

「嗯……我喜歡學習歷史與閱讀文章。但是……但是……數學之類的科目實在讓我很頭痛！」

或許是準備考試的壓力吧，感覺紫条院同學的感情起伏似乎變大了，只見她抱著頭如此嘆息著。

「啊……所有的理科都讓紫条院同學很頭痛嘛……」

「沒錯！說起來化學與生物也就算了，什麼平面向量、三角函數的，我很懷疑將來是不是真的能派上用場……！我都快要哭了！」

唔唔嗯，看來她真的慌了手腳。

雖然為了迴避輕小說禁止令而一路努力用功，但心靈到了最後關頭似乎相當疲憊了。

「嗯，理工科等專門職業就用得上……一般的工作基本上是不會用到才對。」

或許只是我不清楚，不過當我是普通上班族時，沒有什麼特別活用到什麼數式或者化學式的記憶。

「咦……！果然是這樣嗎……？」

紫条院同學像是得知某種衝擊性的事實般瞪大了眼睛。

「這麼辛苦才記住，出社會後卻沒有能夠活用的機會……那我們到底為什麼要學這些東西呢……？」

嗯，大家都曾經有過這種想法。

尤其是數學和古文等科目。

至於漢文則覺得根本像是解讀暗號的訓練。

「嗯，說句實話，這些都是為了學歷與學測……但要問有什麼意義的話，我認為這是為了

了解自己。不管將來的實用性而學習各種知識的話，就會知道自己適合哪個領域，也比較容易決定將來的方向。」

「這個嘛……的確是這樣。我絕對不可能成為數學家或者程式設計師……」

紫条院同學像是非常同意我平凡的論點般用力點著頭。

真的很老實……

順帶一提，剛才像是很懂般訴說著論點的我，前世的高中時代是所有科目都很爛，根本無法分辨自己究竟適合哪個領域。

現在回想起來，發覺自己白白浪費了媽媽幫忙出的學費，頓時感到很心痛。那個時候真的無法體會單親媽媽有多麼辛苦……

「還有……這裡怎麼說都是高中。我們是經過入學考，甚至願意付出學費接受比國中更難的課程才會來到這裡……」

「嗚……的……的確是這樣……差點忘記這不是什麼義務，我們是自己想接受比國中更難的課程才會來到這裡……」

哎呀，不用如此沮喪喔，紫条院同學。

大概所有高中生都忘記這一點，而前世的我也完全忘記了。

「呼，忍不住發了牢騷，結果一切都是為了自己的將來對吧！總之現在就先努力準備眼前的考試吧！」

（將來……）

再次打起精神來的紫条院同學所做的發言讓我忍不住有所反應。

託香奈子的福，內心已經幾乎沒有紫条院同學可能會屈服於英俊男性的不安。

但就算是這樣，御劍所說的話還是另有讓我在意的地方。

「我跟春華是將要攜手共度未來的關係。」

「門當戶對的我們，從幼年時期就很熟了。春華註定將來要站在我的身邊。」

從我指出結果現在並非多熟的關係時，那個傲慢的傢伙沒有反駁來看，目前那傢伙跟紫条院同學是情侶關係的可能性應該是零吧。

但是……將來呢？御劍家跟紫条院家有什麼樣的關係呢？

要說規模的話，紫条院家當然是壓倒性獲勝。

御劍家怎麼說都只是在這附近的地區做生意的一族，但紫条院家可是經營好幾間全國規模的企業，可以說是現代的貴族。

但雙方都是以這塊地方為根據地的古老家族，那傢伙跟紫条院同學說不定是青梅竹馬，甚至可能是指腹為婚的關係。

然後光憑想像的話會有無限可能，想得到答案就只能詢問眼前的少女了。而這需要極大的

第二章 現正用功中！

勇氣……我鼓舞自己不論得到什麼答案都只要改變戀愛戰略即可，接著便下定決心。

「啊……那個……可以問個問題嗎，紫条院同學？」

「好的，是什麼問題？」

紫条院同學用跟平常一樣的太陽般笑容回應我。

感覺炫目的我緩緩地提出疑問。

「沒有啦，不是什麼大不了的事情……妳認識同樣是二年級的一個叫做御劍的男生嗎？」

「咦？啊……你說御劍同學嗎。他怎麼樣了嗎？」

「…………」

光是從紫条院同學口中聽見那個傢伙的名字，我的胸口就一陣翻攪。

心亂如麻的我裝出平靜的樣子繼續提問。

「那個，之前有機會跟御劍聊了一下……他跟紫条院同學是從小就認識了嗎？」

「嗯……是的。初次見面時確實是小時候。」

「……嗚。」

得到違反我期待的肯定答案，讓我的內心更加紊亂。

啊啊可惡，我是怎麼了？

戀愛會讓一個人的獨占慾變得這麼強嗎？光是看見自己之外的其他男人出現一點影子，平靜的心就快速消失，讓我快哭出來了。

原本希望她能表示不認識那個人。

就算認識，也希望她能說只是到了這所學校才知道這個人。

整個人就這樣隨著現在似乎立刻要湧出的感情奔流浮沉。

（這就是來自於戀愛的嫉妒嗎……胸口一帶就這樣不斷累積無法排解的漆黑情緒……）

原來如此，讓這樣的感情繼續惡化下去的話，就可以理解中午的肥皂劇裡為什麼會出現犯下那種惡行的傢伙了。第二次的人生才首次了解……真的喜歡一個人時，內心會懷抱著這種像是岩漿般的情緒……

「但其實也不能算從小就認識。」

「咦？」

「小時候家裡舉行派對時好像見過一次，第二次遇見已經是到這所高中就讀的事情了。」

心亂如麻的我聽見紫条院同學的話後頓時感到傻眼。

如果這是真實情況，那跟我想像的青梅竹馬可以說差了十萬八千里。

「是……是這樣嗎？但是，那個……在這所高中重新相遇後沒有經常聊天……？」

「沒有，因為……」

鼓起勇氣提出我最想問的事情後，紫条院同學就露出感到困擾的表情。

平常總是有話直說的無邪少女難得出現不知道該如何開口的樣子。

「那個……升上高中之後，御劍同學不知道為什麼經常來找我說話……但總是以強硬的氣勢說出一大堆我不是很懂的內容，所以我不是很喜歡遇見他。因此雖然感到失禮，我還是盡可能地避開他……」

紫条院同學表露出對於御劍的困惑並這麼說道。

雖然只能想像那種光景……不過如果每次搭話都充滿自信地嚷著什麼「命運」、「應該待在我身邊」之類的，那確實是超越感性符合一般常識的紫条院同學所能理解的範圍。

「這……這樣啊……那個，抱歉問了這麼多奇怪的事情，不過紫条院同學的家族跟御劍的家族關係很好嗎……？」

「咦？嗯……我對自己家族的人脈關係也不是那麼清楚……不過至少從我懂事後，御劍同學的家族就沒有被招待到紫条院家的派對了。雖說只是小時候朦朧的記憶，不過那個時候爸爸似乎對御劍同學的家族感到很生氣……？」

「哦……哦哦，嗯。這樣我知道了。」

聽完紫条院同學仔細的說明，我開始不停地點頭。

把這些內容綜合起來後——看來那傢伙所說的跟事實有很大的差距。

（太……太棒啦————！Safe！完全Safe！啊哈哈哈哈哈！哎呀，雖然原本就認為應該是這樣！呼〜〜〜〜〜太好啦啊啊啊啊啊啊！）

表面裝出跟平常一樣的模樣，我的內心其實是歡喜的舞蹈派對狀態。由於先前有了不好的想像，現在也就越發高興。

（紫条院同學跟那個傢伙完全不熟，兩家之間的關係聽起來也不能說是親密……！那個臭屁的傢伙搞什麼，盡是說些大話讓我嚇得半死！）

席捲胸中的黑暗逐漸散去，嘴角在下意識中露出笑容。

尤其是名門望族之間若是有世交的話，對我來說就會相當棘手，能夠掃除這部分的擔心讓我特別感到安心。

（嗯，話雖如此還是不能掉以輕心。我接近紫条院同學無疑是讓那傢伙火大的理由。）

對我來說，雖然跟紫条院同學變熟的程度已經是跟上輩子完全無從比較，不過並非男友這一點則是跟前世沒有兩樣。跟那個自大王子在考試結束後絕對還會引起一波騷動。正因為如此，才必須努力把所有能完成的事情全都完成。

「那個，為什麼要一直問御劍同學的事情……？」

「噢，因為……嗯，唔……嗚……？」

說到這裡，我的視界突然開始晃動。

或許是突然感到安心的緣故，睡意就像一層濃霧般在腦袋裡擴散開來，讓我的意識逐漸模糊。

「那個……新濱同學，你是不是很累了？」

「啊，沒有啦，我一點都不累！」

紫条院同學以擔心的表情望著我，我則是笑著強調自己充滿精神。

雖然自認已經有充足的睡眠，但要完成自己的功課同時擔任教師果然還是相當累人，老實說的確累積了不少疲勞。

沒把它表現出來並不是因為前世的社畜習性仍殘留在身上……而是我回到高中生程度的感性，強迫我在喜歡的女孩子面前耍帥。

「但是……感覺你最近好像特別拚命……」

「呃，那是……」

雖說是因為想在御劍那傢伙所說的考試分數競賽中獲得勝利而努力，但這件事我仍未跟紫条院同學提過。

原本紫条院同學是為了迴避父親發出的輕小說禁止令而一路努力準備期末考。

然後我判斷在最後關頭時說出「御劍因為深深為紫条院同學著迷，所以找被他視為敵人的我比試期末考分數，單方面表示輸了的人再也不能接近紫条院同學」，將會給她的心靈帶來許多不必要的負擔。

當然，如果在考試競賽中落敗，御劍因此而大聲嚷嚷的話，我就打算把事情的經過告訴她……不過至少希望能等到期末考結束之後。

「那個，之後就只剩下考前最後衝刺，如果教我功課給新濱同學造成負擔的話，取消這個讀書會也沒關係……」

「不，真的沒關係。絕對不能取消！」

忍不住拚命對以擔心表情望著我的紫条院同學這麼說道。

為了幫紫条院同學準備期末考而開始的這個讀書會，是能跟高中時代憧憬的少女一起度過，讓我內心充滿歡喜的時間。

而且在自覺對紫条院同學心意的現在，其價值更加水漲船高，什麼負擔的根本不重要，它已經變成即使付出龐大代價也要入手的最幸福時光了。

此外……希望這個讀書會能持續到最後的理由還不只是這樣。

「我……嗯……唔……」

不過真的得休息一下才行了……腦袋因為睡意而昏昏沉沉，感覺意識已經逐漸朦朧……

「……嗯……拜託……讓我繼續下去吧紫条院同學……」

「咦……？」

不行，好睏……或許也受到剛才趁用功的空檔吃了點心而讓血糖值上升的影響吧，已經睏

到無法好好控制自己的意識與發言了……

「我……自認不是念書的料而自暴自棄……進入高中後從未好好努力……」

啊，對了……就是這樣的怠惰……才會造成那樣悲慘的未來……

「想要改變自己而開始努力用功……結果紫条院同學稱讚了我……那真的讓我很感動……」

沒錯……就是這樣……

最先稱讚我的變化與努力的……一直都是紫条院同學。

「而且還希望我教妳功課……竟然如此地倚重我……這讓我高興到快要流眼淚……所以，我希望能回應這份信賴一直到最後……」

「新濱同學……」

不行了，好睏。

睏到腦袋沒辦法好好運作。

「而且……我希望能盡量延長……跟紫条院同學一起用功的時間……」

「咦——」

「嗯……呼…………啊！」

糟……糟糕，剛才一瞬間睡著了！

（可惡，剛強調自己沒事後就睡到頭都垂下去實在太丟臉了！這樣紫条院同學不就會更加擔心我的疲勞嗎！）

「抱歉抱歉，剛才有點呆住了！好了，繼續用功……？」

即使急忙如此搭話，紫条院同學不知為何還是以像受到衝擊般的表情僵在現場。

怎……怎麼了？昏睡過去前的記憶完全消失了，難道因為睡魔而稍微失去理性的腦袋說出什麼奇怪的話了嗎？

「那個，紫条院同學……？」

「啊，咦，怎麼了……」

我畏畏縮縮地向紫条院同學搭話後，她就以仍然心不在焉般的模樣做出回應。

「妳的身體是不是不舒服？臉頰好像有點泛紅……」

「啊……是啊……明明沒有感冒，臉頰不知道為什麼有點發燙。我到底是怎麼了……」

紫条院同學像是感到不可思議一樣撫摸自己的臉頰。

少女雪白的肌膚看起來確實微微染上了顏色。

「呵呵，話說回來……你是這麼看待因為我厚臉皮的請託而開始的讀書會嗎？」

在昏睡過去前我似乎說了些什麼，紫条院同學不知道為什麼以非常高興的模樣這麼表示。

「希望這段時間一直持續下去的……不是只有我一個人真是太好了。」

第二章

現正用功中！

「咦……？」

擁有烏亮黑髮的少女，以平常那種開朗的笑容極其自然地如此訴說。

她像是要發揮天真無邪的本領般以極自然態度吐露這樣的發言，結果這次換成我僵住了。

「那麼要再次說聲……請多多指教了，老師！」

「啊，嗯……嗯！我才要請妳多多指教！」

紫条院同學臉上浮現充滿幹勁而且快活的笑容，這時我也用笑容來回應她。

啊啊……的確希望這個時間能夠一直持續下去。

＊

「嗚呃……」

午休時間跑去買果汁是錯誤的決定。

轉過快到教室前的走廊轉角，就跟我現在覺得最為麻煩的男人撞個正著。

御劍隼人——該名英俊的男性擁有王子這種只在甲子園聽過的綽號。

明明只是默默走路，臉龐卻洩漏出內心瞧不起周圍眾人的想法，對我的反應也如實地表現在臉上。

「你是……啊，那個叫什麼新山的，老是纏著春華的嘍囉。」

「你……！我的名字是新濱不是新山！」

「隨便啦。嘍囉的名字沒有記住的價值。」

這……這個臭傢伙……！明明主動大聲嚷著什麼一決勝負之類的事情，卻連我的名字都記不住嗎！

「哼，放心吧。我還記得考試競賽的事情。不過呢，老實說我覺得很麻煩。現在在這裡發誓不再接近春華的話，就可以不用在競賽裡丟臉喔？」

（因為考試競賽的勝負而「丟臉」……？哦，原來如此。他說過要「教育」我吧。原來不是只想比較分數就結束嗎？）

雖然大致預料到這個傢伙要用什麼方法來分出勝負，但我不會因此而害怕。

我決定不再過那種不斷害怕他人的人生了。

「答案依然是ＮＯ。憑什麼要我接受你那種命令。」

「……還是第一次遇見腦袋如此愚笨的嘍囉。」

御劍嘆了口氣，以打從心底瞧不起人的視線看著我。

「無法理解自己有多渺小嗎？你的長相、能力、財力全都是嘍囉。你這樣的『下等人』，

趴在地上懇求我這樣的『上等人』讓你生存下去已經是常識了吧。其他嘍囉辦得到的事情你為什麼辦不到？都已經是高中生了，竟然連最低限度的規則都不懂，到底有多垃圾啊？」

依然把手插在褲袋裡的御劍，像是看到從垃圾袋裡掉出的廚餘般丟出這麼一句話。

對我來說，這樣的言行舉止才顯示出他的性格有多麼垃圾，不過也只能承認他高舉的道理有一部分是事實。

不僅是學校，人類社會裡通常會對強者或是上位者低頭。

而我在前世裡，不論是人生的哪一個場面都是靠著不斷對「上位」的人低頭來存活。世界上確實有一部分是靠著這樣來運作。

但是——沒有道理我必須對同學年的學生卑躬屈膝。

「你的能力的確很強，但那也沒什麼了不起的。為什麼我必須對你低頭？」

「你這傢伙……嘍囉竟敢……」

或許是自尊受到傷害吧，御劍臉上露出極為不耐的表情。

（真是的，什麼最低限度的規則嘛。你才應該好好學習禮儀與ＴＰＯ——）

這時我突然產生一個疑問。

雖然覺得實在不可能，但綜合從剛才開始跟這傢伙之間的對話，就覺得確實有這種可能性。

「……說起來，我離開紫条院同學身邊一切就能如你所願嗎？你為什麼對紫条院同學如此執著呢？」

「還以為你要說什麼……當然會一切如我所願啦。我是『上等人』，春華也是『上等人』。雙方可是門當戶對。我們兩個人就像是為了要攜手共度的命運而誕生到這個世界上。」

這時御劍的話裡稍微帶著一些熱度，接著又繼續說出我沒問的事情。

「幼年時期，第一次看見她時，我真的很興奮。一眼就發現這是我的女人。不但是紫条院家的獨生女，年齡也跟我一樣，而且還擁有無可挑剔的美貌。可以說是完美無瑕的『上等』女人。沒有比她更適合我這樣的存在的了。」

「…………………」

喜形於色的御劍，嘴角因為開心而上揚。

然後我則是跟他完全相反，獲得了令人心寒的理解。

原本認為不可能，但照這種樣子來看，我的直覺應該是正確的吧。

雖然不斷直呼春華名字的行為跟上次一樣讓人很火大，但現在對於御劍反而是傻眼感更為強烈。

「嗯，我大概理解你這傢伙了。在這個前提下把話說在前面……我才是不能讓你這種人靠近紫条院同學呢。」

「別胡說八道了，嘍囉……！」

我直截了當地說出真實的想法後，御劍就因為憤怒而扭曲著臉龐，惡聲惡氣地表示：

「原本認為只是打個噴嚏就能吹走的廢物在說夢話，想不到不理你就得意忘形地喋喋不休起來……！明明是比蟲子還要低等的存在，竟然敢惹我生氣！」

我不理會如此恫嚇的御劍，直接轉過身子。

同時認為沒必要再跟這個傢伙說下去了。

因為這傢伙跟我，談話的基礎根本是兩條平行線。

「再見了，總之我會好好準備考試。」

我丟下這句話後，就留下惡狠狠瞪著我的御劍離開現場。

第三章 考試比賽的結局

在某個萬里無雲的晴天——舉行了對許多學生來說是痛苦試煉的期末考。

「小心別做出疑似作弊的行為！那麼——開始作答！」

隨著老師的宣告，教室裡充滿將考試用紙翻面的聲音。

每個人都露出嚴肅的表情，開始出現自動鉛筆書寫的沙沙聲。

（很好……沒問題。）

在緊張的空氣當中，我寫下答案的速度還是沒有變慢。

百分之百發揮出我在這輩子努力用功累積起來的成果。

（沒有比考試……不對，應該說用功更公平的事情了……）

解著題目的我，意識的角落同時閃過這樣的想法。

當然每個人的升等速度以及成績的頂點各有不同，不過就跟ＲＰＧ遊戲一樣，盡多少努力成績就會有多少成長。

然後這些努力將連結到未來的幸福。

沒錯——都是為了抵達我在社畜的日子裡只是遙遠夢想的世外桃源……存在於這個世界上某處，傳說中的優良企業！

（而且像這樣俐落地解題真的很爽快。）

以累積起來的學力不斷擊倒名為問題的敵方角色，這讓人感到相當痛快，甚至覺得前世只能繃著臉的考試時間很是有趣。

在大部分學生充滿苦悶與緊張的氣氛當中，我以極為輕鬆的狀態持續動著手，而且速度絲毫沒有減緩。

第三章
考試比賽的結局

「啊～感覺身體好輕盈！考試結束後果然覺得神清氣爽！」

時間來到午休。相當適合短髮的元氣少女——筆橋舞在教室中央露出了舒暢的表情。

這名少女有著平易近人且略為傻氣的開朗個性，還具備野花般的可愛容貌與讓人感到親切的魅力，在男孩子之間也相當受到歡迎。

雖然前世幾乎跟這名開朗的同學沒有任何交情，但校慶之後她就經常跟我還有紫条院同學有所接觸，現在已經是可以稱為朋友的關係。

「真是的，筆橋同學不知道說過幾次同樣的話了。考試上個星期就結束了吧。」

「啊哈哈哈！就是會不停地想說嘛！這樣就能不理會考試專心在社團上了。」

筆橋笑著回應我的吐嘈。

沒錯，期末考就在沒有什麼波折的情況下於上週結束了。

而從考試壓力中解放出來的全二年級雖然充滿開朗的氣氛——

「照這個樣子看起來，考試的成績應該不錯吧？」

「哼哼，可別小看我喲新濱同學。喜歡運動的體育系少女腦袋通常不好，現實世界可不存在這種漫畫裡常見的哏！」

「哈哈，我沒有那麼老套的偏見——」

「嗯，不過我的成績確實是不好啦！」

「結果就跟刻板印象一模一樣嘛！」

啊，話說回來，這傢伙是在上課中打瞌睡的慣犯……

「但……但是反正考試已經結束了！有一陣子可以不必管功課嘍！」

「但是筆橋同學。今天是考試結果公布在走廊上的日子喔。」

「咦——」

眼鏡少女突然從旁邊插嘴的發言，讓筆橋瞬間靜止。

風見原美月——她是把我整個人捲進校慶準備工作的傢伙，乍看之下是個適合中長髮型與

大眼鏡的文學系美少女。

但實際上卻是個相當我行我素，言行舉止難以捉摸的傢伙，有時甚至會讓具備成人經驗值的我嚇一大跳。

「風……風見原同學！為什麼要說這種事呢？我好不容易才忘記這件事的啊——！」

「別發出這麼切身的悲痛聲音。就算我現在不說，現實還是會像斷頭台一樣把結果塞到妳的眼前。」

「什……什麼斷頭台，別說得好像我死定了一樣！說不定會有奇蹟的號角聲響起呀！」

「自我評分的結果呢？號角響起了嗎？」

「咿嗚……」

過於殘酷的一句話，讓筆橋發不出聲音就被擊沉了。

真可憐……

「風見原同學……別欺負筆橋同學。」

「我沒有這個意思……但直率地表現出喜悅、悲傷心情的筆橋同學實在太有趣，忍不住就……」

風見原以興致勃勃的表情望著宛如漫畫人物般做出誇張動作的筆橋。她的臉上看不出對於考試結果公布的焦急與不安……

「那風見原同學又如何呢？看起來很像自信滿滿。」

我一這麼問，風見原就罕見地擴展嘴角露出驕傲的笑容。

「呵呵……眼鏡女成績就一定優秀只是幻想。平均能及格就要大呼三聲萬歲了，那又怎麼樣？」

「為什麼還露出炫耀的表情！」

我對著很自傲般抬起眼鏡的風見原這麼大叫。

原本以為她相當有自信，根本只是自暴自棄嗎！

「說起來日本人根本不用學英文吧？讓我們鎖國吧。不行的話就把全世界變成大日本帝國，然後把日文變成官方語言。話說回來，到日本來觀光的外國人為什麼光明正大地用英文來問路呢？」

「別一臉認真地說一大堆蠢話！很恐怖耶！」

看起來雖然冷漠實際上溢出滿滿的恨意……

不過呢，英文在高中的科目裡算是對將來的實用性相當高的了。

「嗯……？」

突然感覺到視線而回過頭去，就注意到銀次那個傢伙一直盯著我看。

他的意思應該是……「你這傢伙竟然能輕鬆地跟女孩子開心談笑……」這樣吧？

「對了對了！山平同學你考得如何？」

「呼咿！」

被復活的筆橋同學突然這麼一問，銀次就發出大吃一驚的聲音。

嗯，真令人懷念。

個性陰沉的男高中生被性格開朗的女生搭話時會出現的標準反應。

前世高中時期的我也是這樣。

（銀次別擔心。筆橋同學很溫柔，你不用緊張。）

（我……我……我才沒緊張呢！）

我輕聲這麼宣告完後，銀次也小聲回答我。

嗯……滿臉通紅又吞吞吐吐的反應也令人忍不住露出微笑。

沒錯沒錯，不習慣跟女孩子說話就會變成這樣。

「我……我啊，那個……也不是很好吧……應該說很糟糕。」

「很好！那就是我的同伴了！一起接受現實的打擊吧！」

被找到跟自己一起墜入地獄的伙伴而變開心的筆橋用力拍打肩膀，銀次就像是處男的模範生般發出「哦呀啊！」的叫聲。

沒有啦，我也還是處男，所以沒資格說別人就是了……

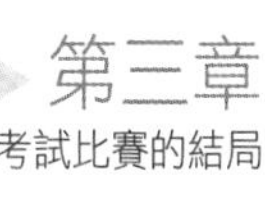

第三章
考試比賽的結局

「對了，新濱同學……紫条院同學的這種狀態是怎麼回事？」

「咦……？哇！紫……紫条院同學，妳怎麼了？」

把臉朝向紫条院同學的座位，就看到一頭長黑髮的美少女維持雙手合十的祈禱姿勢，像是感到非常不安般一直發抖。

「啊……新濱同學還有各位……那……那個……一想到接下來馬上就知道結果了，我就冷靜不下來……覺得非常緊張……」

貼在走廊上的不只有一百名以內的排名，也包含了學年的平均分數。

因此就算名字不在一百名以內，跟自我評分算出的平均分數比較之後，馬上就能知道是否達成紫条院同學這次的目標——超越總平均分數了。

「但妳不是說自我評分的結果相當不錯嗎？那不用這麼緊張也沒關係吧？」

「是……是沒錯啦……只是仍無法信任自己。說不定犯下許多粗心的錯誤，或者畫錯答案格之類的……！」

「嗯，我懂。準備寫下最後的答案，卻發現解答欄少了一個的時候，那種焦急的感覺就像是菊花被火燒一樣。」

喂喂風見原！妳明明有張可愛的臉龐，竟然滿不在乎地說什麼菊花！

不要破壞男生對女孩子的幻想！

「我懂我懂！然後考試時間又快結束的話真的會陷入恐慌！只能感到絕望！」

「知道這種絕望感就表示……筆橋同學也幹過這種事吧……」

「嗚咕……」

銀次吐露出的呢喃讓筆橋同學表現出舊傷被刨開的苦悶表情，這一幕讓我忍不住噗哧一笑。

（這輩子我的周圍不知不覺間就多了不少人……這種感覺真是不錯。）

考試之後學生之間互相說著「你考得如何？」或是「我這次完全不行」的氣氛真的讓人感到很溫馨。前世只能跟銀次這麼做，現在人數一多起來，每個人不同的反應確實很有意思。

如果沒有跟御劍那個笨蛋發生爭執，真的就太和平了……

「嗚嗚……為了讓心情冷靜一點，我要去買飲料。引頸期盼成績發表的這段時間對心臟的負擔太大了。」

紫条院同學從位子上站起來，很擔心般走出教室。

嗯……就我來看，紫条院同學的期末考準備已經相當充分，應該不用那麼擔心才對……

「不過新濱……你這傢伙明明跟人比賽，看起來倒是很輕鬆嘛。」

銀次為了不讓女生們聽見而小聲這麼說著。

「噢，正如之前跟你聊到的，比賽什麼的根本是御劍擅自決定的事情。我沒有理由感到緊張喔。」

縱使在對方自行決定的比試中落敗，我也完全不打算接受不准接近紫条院同學的懲罰。

嗯，接下來那個傢伙絕對會跑來比分數，這一點讓人感到有些鬱悶就是了……

「不過，我是確實準備過才應考的。自我評分後——」

「喂！期末考的結果貼在走廊上了！」

突然教室外面傳出某個人的聲音，走廊上一口氣變得吵雜。

走廊上擠滿從各個教室裡跑出來的大量學生，就像是在玩你推我擠遊戲般互相推擠著的同時也充滿喧囂的人聲。

「好了，上斷頭台的時間到了，筆橋同學。一起共赴刑場吧？」

「等……等一下！讓我做好心理準備～！」

看來筆橋跟風見原要一起去看結果，但筆橋似乎仍未下定決心。那麼——

「我過去看嘍。銀次你呢？」

「我……我也去！雖然確定我不在貼出來的一百名以內，還是得看學年平均分數才行！」

銀次像是有所覺悟般從位子上站起來。

不知為何露出充滿決心的表情……

「何況有個同伴的話，在面對御劍那個笨蛋時多少能幫忙抵擋一些攻勢！也就是說我不會讓你獨自去面對喲！」

即使知道我跟校園階層的頂端發生紛爭，銀次似乎還是願意跟我一起前往。對於身為御宅族的我們來說，咄咄逼人的自大傢伙絕對是不想遇見的類型，他竟然嘴硬地說要一起去。

「你這傢伙……果然是好人。希望能再跟你去喝一杯。」

「啥……喝一杯？還要再一起去？」

「啊，沒有啦，我說錯了。是想說下次一起去吃飯啦。」

前世跟這傢伙一起喝酒的記憶突然復甦，不由得說溜了嘴。

跟上司一起喝的酒根本難以入口，跟這傢伙一起喝的話……總是很美味。

「好了，那麼……走吧。」

沒有特別感到興奮或者緊張。

我跟銀次一起踏向明確的數字結果正在等待的走廊。

貼出期末考成績表的走廊顯得熱鬧非凡，除了有在成績百名內名單找到自己名字而大呼痛快的人之外，也有垂頭喪氣地走回去的傢伙。

「不過御劍那個臭王子完全沒有跑來找你耶……還以為至少會發生一次『哈哈哈不論你再怎麼努力都沒用啦』這樣的事件。」

銀次在人群多到難以前進的情況中這麼呢喃。

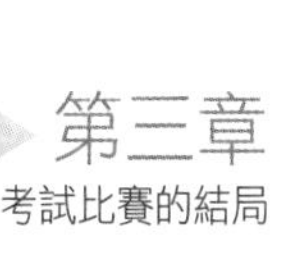

雖然沒對銀次說過，不過其實我在偶然的機會下遇見過御劍。

不過以那個時候的印象來看，那傢伙原本就沒有用嘲笑來挫我銳氣的想法。然後那當然不是因為紳士的思考。

從他只隱約記得我的名字一事來看，他甚至沒有把我當成「敵人」。

「這場比賽……對於御劍來說大概只是把紫条院同學周圍的蒼蠅趕走的『作業』。我只不過是註定會落敗的敵方角色Ａ，所以對我毫無關心，也就不會積極地跑過來揶揄人了。」

「真的嗎……我搞不懂獲勝已經是常識的傢伙到底在想什麼。」

「我也是啊。尤其是那個王子真的深信自己是真正的王公貴族……哦，終於可以看到成績表的邊緣了。」

推開擠在走廊上的眾多學生後往前進，最後終於可以看見一部分的成績表。

上面以巨大的字體記載著各科目以及總平均的分數，許多學生都是來看這個結果。

「……真想立刻被卡車撞然後轉生到異世界。」

「喂喂，為什麼突然說這種話啊，銀次。」

「原本就壓根不認為自己會進入前一百名了，跟我有關的只有平均分數……結果比我的自我評分高出許多……」

「這個嘛……嗯……」

不知道該說些什麼。

有時間的話下次也幫忙注意一下這傢伙的功課吧……

「——喂，你看我這邊。」

「……御……御劍……！」

回頭往聲音的方向看去，就發現高大的帥哥正瞪著這邊。

擁有「王子」這個綽號的男子——御劍隼人跟之前接觸時一樣，像是真正的王公貴族般擺著架子。

「有在此丟臉的覺悟了嗎？一想到這下終於能把你從春華身邊趕走，人就舒服多了。」

或許是前幾天的對話所致，御劍看著我的視線清楚透露出不高興的焦躁感。看來這位大爺對我的看法已經從隨手掃除的嘍囉提升到蟲子般令人不愉快的存在了。

「你提出要比考試分數時我就說過了，我可沒答應過這場比試與懲罰。全是你擅自決定的事情吧。」

「你沒有學習能力嗎？就如我之前說過的，你沒有權利拒絕我決定的事情。這次的考試競賽，敗者絕對不能再靠近春華……既然我已經決定那這就是規則。跟你的意願無關。」

就像在訴說眾所皆知的常識般，御劍說出了聽起來只像小學生在胡說八道的理論。雖然早就很清楚，不過這傢伙跟我們所看見的現實差異實在太大了。

（就某方面來說這個狗屁帥哥真的很了不起……連我這個面對過大量異次元思考奧客的人都退避三舍。）

「喂……喂，雖然聽你說過……不過這傢伙是認真的嗎……？有人講話如此沒有邏輯的嗎……」

我身邊的銀次茫然這麼對著我呢喃。

嗯，你的感覺很正常喔，銀次。

不過很遺憾的是，雖然有程度上的差異，但這種「世界是以自己為中心來運作」型的生物存活在社會的各個地方。因為根本無法溝通，我建議你還是盡全力跟他們保持距離。

「哼，對手可是本大爺。至少做了一些無謂的掙扎吧？」

「……我看你倒是自信滿滿嘛。應該相當用功吧？」

「沒有喔。老鷹對上在地面爬的烏龜時還需要練習怎麼飛嗎？那種程度的考試，憑基本實力就能拿下第一名了。我可沒閒到把多餘的時間花在這種事情上面。」

御劍像要表示「別問蠢問題」一般丟出這麼一串話。

他並非在挑釁我，這傢伙應該對自己的勝利深信不疑。

跟我經常失敗的前世完全相反，此時他的臉上是絕對勝利者的表情。

「那麼快點把事情解決掉吧。喂，你們這些傢伙！快從成績表前讓開！」

「啥？你這傢伙是誰……御劍！哈……哈哈，抱歉抱歉！擋到你了嗎！」

「對……對不起喔，御劍同學！好了大家快讓開！御劍同學說想看成績表！」

在御劍傲慢的一聲令下，不論男女都立刻讓出路來。

任何人都沒辦法無視這傢伙所說的話。

英俊的臉龐、運動神經、學力、父親的社會地位——這些對於人類來說本來只是附加零件的要素，給了這傢伙作為王子的權力。

（雖說成人的世界也很常見……不過學生時期特別會把這種附加零件的規模與人類的價值混為一談。明明不是長得帥又受歡迎的傢伙或者在運動方面特別活躍的傢伙就一定比較偉大啊……）

緊接著，我跟御劍就在宛如摩西十誡般分開的人牆中前進，並肩來到記載著所有結果的現場。

「那麼，一決勝負吧新濱！好好品嘗自己是嘍囉的事實！」

御劍刻意大聲這麼宣告，周圍的眾人立刻產生騷動。

「一決勝負……？」

「怎麼了怎麼了？」

「御劍跟那個叫新濱的要比賽考試的分數嗎？」

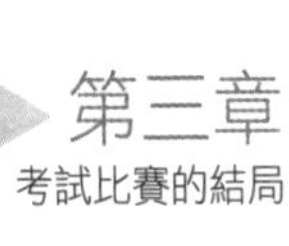

原來如此……雖說稍微從「丟臉」以及「教教你」等詞猜想到是怎麼回事了，不過他果然是打算像這樣對周圍宣揚「比試」這件事來獲得矚目，並且藉此來增幅我的失敗感嗎？

（權力霸凌的上司也經常這麼做……在眾多社員前面斥責下屬令其蒙羞，藉由傷害自尊心來深植上下關係。說起來就跟那個一樣。）

「呵……平常都是從最前面看起，不過這次就看看你能努力到何種程度吧。名字在五十名以內的話就值得稱讚了。」

御劍咧嘴笑著，然後食指從一百名開始往前面的排名劃過。

這大概也是為了吸引周圍注意的表演，算是為了盡可能讓我感到痛苦的前置作業吧。

「哎呀哎呀，完全看不到你的名字喔？還是說能夠再往前一點呢？」

期末考總共有十個科目，記載在這裡的排名是這些科目的總分。

也就是說滿分是一千分，御劍所說的比試就是看我們兩個人誰能比較接近滿分。

然後……御劍的手指繼續前進。

周圍的學生也興致勃勃地看著御劍劃過成績表上的姓名，眾多的視線緊緊盯著狹窄走廊的這一帶。

「終於來到前十名了！第九名……第八名……第七名……第六名……哈哈哈哈哈哈哈！什麼嘛結果根本在一百名外嗎！」

御劍嘲笑著我。

笑聲隨著往前劃的手指漸漸變大。

「搞什麼嘛根本連比都不用……什麼……？」

御劍的手指倏然停止。

記載在該處的名字讓他不得不這麼做。

總成績　第二名　御劍隼人　九五九分

嗚哇，沒有看書平均就超過九十五分嗎……看來這傢伙真的很聰明。

「怎麼可能……我是第二名……？那誰是第一名……」

御劍仰頭看著成績表最前方的名字。

周圍的學生也一樣把視線集中在那一點。

而記載在上面的名字是——

總成績　第一名　新濱心一郎　九七一分

「太……太棒啦新濱————！看哪真的是第一名！哈哈哈哈哈！太厲害了……你這傢伙真的成功了！」

興奮不已的銀次放聲大叫，在場的學生們發覺我就是成績第一名的「新濱」後，都以驚愕的表情看著我。

「怎麼……可能，不……不可能發生這種事……」

御劍以茫然自失的樣子，凝視著我這個「下等人」贏過自己這個「上等人」的結果。嗯，對認定我是嘍囉的御劍來說，這是足以動搖自我認同的打擊吧。

但是——我是真的贏了。

打敗勝利組，我的成績更勝一籌。

（……太棒啦————！贏了……贏啦————！活該啦你這個臭帥哥！還敢不停叫我嘍囉和垃圾！總算報一箭之仇了……！）

我表面上裝出平靜的樣子，內心則不斷為自己喝采。

老實說我對這個狗屁王子很火大，所以爽快感當然特別強烈。

「這……到底是怎麼回事？為什麼……我會輸給這樣的嘍囉……」

御劍以仍無法接受現實的模樣這麼呢喃，嗯……說起來是有許多原因啦。

首先是我為了迴避進入像前世那種黑心企業的未來，深切地感受到學力相當重要，所以這輩子極為用功。

前世看書就像是苦行，這輩子已經了解其價值與樂趣，期中考時已經培養出足以爬到第十名的實力。

（但是，最主要的原因還是紫条院同學。）

為了迴避輕小說禁止令而希望我幫忙她準備期末考——接到紫条院同學這樣的請託後，我就因為歡喜與使命感而持續要求完美。

因為不想紫条院同學問我問題時回答「我也不懂」，所以我幾乎背下所有科目的教科書，上課內容就不用說了，甚至掌握了各科老師的出題習慣，製作了「真・完美筆記」，最後還設計了考題。

讀書會本身是每週舉行幾次，不過我還利用私人時間不斷地做事前準備。

然後這樣的活動是從期中考之後開始，期間夾雜著校慶一直持續到現在。因為準備得越充分就越能回應紫条院同學的期待，順便也能提升自己的學力。沒有比這個更棒的事情了。

（上輩子參加過同樣的考試也是占優勢的因素之一。十四年前參加過的考試當然已經忘記內容了，不過實際上課之後記憶就慢慢地復甦，多少能回想起哪些地方曾經考過。）

然後綜合這些因素的結果——就是我對考試範圍已經熟悉到可以說是完全掌握的地步。除了我以外，應該沒有如此偏執地準備這次期末考的學生了。

順帶一提，如果這是測驗基本實力的模擬考，那我應該很難獲勝吧。正因為是限定範圍的段考，我才有獲勝的機會。

第三章
考試比賽的結局

「我一直都表示沒有答應要跟你比賽。」

我對失去壓倒性自負心而腳步虛浮的御劍丟出這句話。

「但你無論如何都想比較分數的話，那我就這麼對你說吧。」

於是我就說出了……

不斷失敗的前世始終沒能說出口的勝利者宣言。

「是我贏了——御劍。」

我宣告這場比試風波告一段落了。

接著包圍我跟御劍的學生們在看見這個光景後立刻產生騷動。

「不會吧……新濱真的拿到第一名……」

「那傢伙有那麼聰明嗎……？」

「咦，怎麼回事？什麼叫是我贏了……那個叫新濱的人跟御劍同學比賽考試的名次，結果御劍同學輸了嗎……？」

「喂喂……御劍那個傢伙受到很大的打擊喲。平常明明一副不可一世的樣子，想不到這麼玻璃心。」

「噗……呵呵……！抱……抱歉忍不住就笑了……！御劍同學到剛才都還充滿自信地數著名次……現在卻露出那種翻白眼又失了魂般的表情……！」

聽見我的勝利宣言後，周圍的人開始出現騷動。

御劍之所以想在眾人環視當中宣布比賽的結果，應該是為了讓我丟臉然後了解自己有多麼渺小……結果現在完全是自作自受了吧？

「你這傢伙……！臭傢伙————！一定作弊了吧！否則我不可能會輸！我怎麼可能會輸……！」

原本因為敗北的打擊而僵住的御劍，突然像是陷入混亂般大叫了起來。

哦哦，憤怒到全身發抖了。

嗯……我大概能猜到你的腦袋現在在想什麼。

對勝利組的你來說獲勝是理所當然的事，而你扭曲的自尊也是以此為基礎。承認輸給我的話，你的自我將會因此而崩壞吧。

「我才沒作弊呢。我只是很努力而已。」

要說因為人生重來而改變對用功這件事的意識是作弊的話，確實也可以這麼說，但這次的結果絕對是來自我的努力。

「別開玩笑了……！凡人怎麼可能光憑努力就贏過我！嘍囉就是不論做什麼都比不上我的無聊存在才會是嘍囉……！」

原來如此，就是這樣才會平常就一直嘍囉嘍囉的叫嗎？

第三章
考試比賽的結局

自己毫不費力就擊敗的凡人實在太弱，因此不認為對方是跟自己同等的人類。

就是這樣，這傢伙的「身為貴族的自己與其他大量的平民」般的思想才會根深蒂固到這種地步吧。

「我才不管你怎麼想，事實就是考試的總分是我贏了。然後……你剛才說了些什麼？」

我認為剛才御劍所說的不合邏輯發言將會成為重要的許諾，於是全部都記下來了。

「我記得你說過『這次的考試競賽，敗者絕對不能再靠近春華』『跟你的意願無關』。」

「什……」

因為不想讓周圍的人聽見紫条院同學的名字，所以只有那個部分壓低了聲音，結果御劍似乎想起自己說過的話了。

「這也就是說，完全不考慮我不接受比試的意願，必須遵守你訂下的規則，輸的人再也不能接近紫条院同學對吧。」

「你這傢伙……！就憑你這傢伙……也敢稱我為敗者……！」

「你就是敗者吧？看看周圍的眼光吧。」

我一這麼宣告，御劍那個傢伙才首次意識到周圍的狀況。

在場所許多學生集中在御劍身上的視線裡沒有任何同情。

面對這個不斷叫囂要分出勝負來挑釁我最後卻落敗的王子，眾人不是露出受不了的表情就是發出不屑的視線，再不然就是啞然失笑。

對於聚集在這裡的學生們來說，如果只是個輕挑的傢伙失敗了，就不會出現如此冷漠的反應。這很明顯是御劍平常的行動招致的結果。

沒有任何人願意站在他這邊。

「沒有什麼能勝過你的決定不是嗎？那不論多麼後悔都得遵守規則喔，御劍。」

「胡說什麼……！明明……明明只是嘍囉……！」

「好啦，你要怎麼稱呼我都無所謂……不過輸給我這個嘍囉的你不也是嘍囉嗎？還是下等嘍囉？」

「～～～～～嗚！」

御劍像是因為屈辱而發抖並且咬緊牙關，以彷彿看見殺父仇人般的視線看著我，但我不打算陪他耗下去了。

我像要表示話題到此結束一樣轉過身子，跟銀次一起回到教室。

＊

「哦，你回來啦新濱！恭喜你考第一名！哎呀，你這傢伙真的很了不起！」

第三章
考試比賽的結局

「上次第十名已經很厲害了，第一名真的太猛了！你是怎麼準備考試的？」

「有什麼訣竅嗎？老實說我超希望你能教我！」

「咦，等等……咦？」

一進入教室，以刺蝟頭男學生赤崎為首的眾多同學都發出祝福的聲音，讓我嚇得愣住了。

情……情報不會傳得太快了一點？

「噢，你可能沒注意到，不過剛才的考試競賽造成了騷動，我們班也有不少人在遠處看熱鬧。從御劍用手指劃過成績表那裡開始，一直到他落敗在眾人面前丟臉為止。」

「咦……我完全沒發覺……」

聽見銀次的說明後，我開始搔起自己的臉頰。

也是啦，造成那麼大的騷動，附近的班級都會為了看發生什麼事而走出教室吧……

「那麼……為什麼筆橋同學要閉著眼睛呢？」

「好耀眼……！現在的新濱對我來說實在太耀眼了……！張開眼睛的話會因為學年第一名的光芒而瞎掉啊，不過又想像這樣得到庇佑，才會開始膜拜啊！」

別雙手合十對我朝拜！

我是大佛嗎？

「太感謝了新濱！你幹得好！」

突然對我探出身子的是棒球社的帥哥塚本。

雖然不知道為什麼，但他整個人顯得相當激動。

「那個叫什麼御劍的臭傢伙，之前我女朋友只是走在他前面，他竟然就囂張地表示『快讓開，女嘍囉』……！原本當場就想幹掉他，但我女友說會給棒球社添麻煩而阻止了我，讓我一直覺得很窩囊！真的很謝謝你讓那傢伙哭喪著一張臉！」

「那你真的……很倒楣。」

御劍那傢伙真不是好東西……

「對啊對啊，我別班的朋友只是在走廊上肩膀碰到他，他就整個人失控，憤怒地大喊著『別碰我啊嘍囉！』。我想你應該也是被那傢伙找碴，能夠反擊回去真是大快人心啊！」

「那傢伙真的是個爛人！我買了罐裝咖啡走在路上，他竟然說『我剛好口渴了。拿來』，接著把咖啡搶走還光明正大地走掉了！」

果然不只是我，那個王子大人似乎到處引起紛爭，眾人都認為「反正一定是御劍在找你麻煩吧？」。而這也的確是事實。

不過明明發生這麼多糾紛，至今為止檯面上還沒有人敢反對那個傢伙，應該是跟校園階層的力學……還有那傢伙的家族是地方上有力人士的關係吧。

「恭喜你考到第一名，新濱同學。身為成績貧民的我，決定今後稱呼你為『成績大富翁新

濱大人』。」

「霸凌嗎！」

風見原式玩笑真的不知道笑點在哪裡！

「嗯，先不管這些了……我不知道事情跟那個御劍隼人有關。聽見騷動的聲音後跑到教室外面來看，就遭遇到一臉傲慢地數著名次的王子，臉上表情漸漸變得沮喪的場景，讓我開始大笑起來。」

「……你是這樣沒錯，不過似乎也有許多女孩子因為那個傢伙自爆而感到開心喔。那傢伙不是很受到女孩子的歡迎嗎？」

由於打敗了那個帥氣的王子，原本認為會出現怨恨我的女孩子……

「嗯，學年裡大概有十幾二十個人信奉那種帥氣度與旁若無人的態度，他確實是受到女孩子的歡迎。」

風見原加了一句「不過她們也大多是在遠處圍觀的類型」之後又繼續表示：

「但我實在無法接受。在現實世界用『喂，那邊的嘍囉』來稱呼人的男生實在有點……」

「就是說啊……」

聽見風見原的話後，許多其他的女孩子也不停點頭……

「他也經常用嘍囉或者醜女來稱呼女孩子……」

「跟他說話三秒鐘心情就變得不美麗了。」

「應該說帥哥無罪論也是有限度……」

然後各自這麼表示。

該怎麼說呢……雖然是常識了，不過平常的言行舉止真的很重要……

「啊……風見原同學。妳知道紫条院同學去哪了嗎？沒看到她耶……」

「嗯，對新濱同學來說，她可是比學年第一名和什麼王子的重要多了。」

眼鏡少女對小聲這麼詢問的我露出壞心眼的笑容。

嗚……發覺我心意的傢伙真是難搞……

「剛才不是說要去餐廳前的自動販賣機買飲料，我想差不多要回來了吧？你朝那邊走的話，我想途中就會遇見了。」

「這樣啊。那我先走了……」

「嗯，請好好分享兩個人獨自舉行的讀書會帶來的成果喔。」

掌握我戀愛八卦的風見原那種嘻皮笑臉的模樣讓我臉紅了起來，向眾人告別後就走出教室。

沒錯，對我來說御劍還有學年第一名等事情都不重要。現在占滿我心頭的就只有心儀少女努力之後的結果。

第四章
無關勝負的必然結果

在走廊上前進了一陣子，感覺擦身而過的學生視線都在偷瞄我。

而且不只是這樣，每當我經過耳朵就會聽見竊竊私語的聲音。

「看哪那就是第一名……」「是啊，聽說剛才讓御劍吃驚了……」

「好像都沒用功，只看教科書就考第一名了。」「好像從挑釁御劍到公開處刑都是打從一開始就全部計劃好了。」「咿……好恐怖的傢伙……」

已經出現各種加油添醋的傳聞了……！

我非常地努力，御劍會丟臉完全是因為他咎由自取！

（不過……接受班上同學的祝福還有受到像這樣的視線，就開始湧現跟勝利組戰鬥並且獲勝的真實感了……）

現在的我跟前世的高中比起來並沒有變得比較聰明。身上只有瘋狂的後悔，以及希望能回應紫条院同學期待的想法。

但光是憑這樣的心態，似乎就能打倒原本深信無法擊敗的勢力。

（嗯？那是……）

雖然回到貼出成績表的地方，不過似乎大部分的學生都看完了，只剩下寥寥數人，也看不到御劍的身影。

然後該處——有一名緊盯著成績表看，用手蓋住嘴角因為驚訝而僵在那裡的黑髮少女。

「紫条院同學！」

「啊……！新濱同學……！」

因為我的聲音而回過頭的紫条院同學，聲音聽起來像是非常地興奮。

「剛剛看了成績表……覺得相當驚訝，也十分高興！學年第一名真是太厲害了！好厲害好厲害！啊啊真是的，不知道為什麼心情相當雀躍！」

紫条院同學緊握雙手，激動地這麼訴說心情。

眼睛閃閃發亮的她就像自己的事情一樣極為感動。

「等等，我是很開心不過妳先冷靜一下。妳變得像從喜歡的偶像演唱會會場出來的粉絲了。」

雖說人已經變少了，但最高等級美少女的紫条院同學興奮的樣子實在太引人注意。感覺視線聚集過來的我伴隨紫条院同學移動到人煙稀少的樓梯平台附近。

「真……真是抱歉，忍不住就興奮起來……不過我真的很開心。」

或許是想起自己剛才任由感情爆發的模樣吧，紫条院同學的臉頰紅了起來。

「因為我知道最近新濱同學為了期末考非常地努力……一想到你的努力以最棒的形式得到回報，我就覺得很高興……！真的……真的太恭喜你了！」

「紫条院同學……」

黑髮美少女以出自內心的發言與滿面的笑容為我祝福。

她的笑容實在太耀眼了。

就像清澈純潔的心直接變成花朵盛開一樣，讓深深為至著迷的我好一陣子忘了要說些什麼。

「謝謝……聽見紫条院同學這麼說，我非常……非常開心……」

最喜歡的女孩子看見我的努力，並且像是自己的事情一樣替我得到回報露出雀躍不已的開心模樣。

言語有時真的很不方便。我實在想不出要用什麼言詞來傳達這種類似被溫暖春風盈滿的喜悅。

「那個……我也要恭喜妳。學年第五十八名已經比上一次進步許多了。」

「是啊！原本不安到不喝杯黑咖啡讓自己打起精神來就無法去看成績表……不過總算有了一定程度的成果！」

「嗯，紫条院同學的努力有所回報我也很高興……成績比平均分數高出許多，這樣就能迴避輕小說禁止令了吧。」

「啊……說得也是。嗯，這也不用擔心了。」

「咦？不是因為處於不知能否迴避輕小說禁止令的緊要關頭才會那麼緊張與不安嗎？」

原本這也是紫条院同學主動希望我教她準備考試的理由。

應該說，除此之外還有什麼理由讓她如此緊張呢……

「不，我當然也沒有忘記這件事。只不過……我緊張的理由是新濱同學。」

「咦？我嗎？」

完全沒想到我的名字會在這個時候被提出來，於是只能眨著眼睛。

「沒錯。雖然是我主動要求才會開始讀書會……但新濱同學真的相當盡心盡力。」

紫条院同學像是回想起校慶前……開始兩個人的讀書會時的事情並繼續說道：

「幫我統整參考資料，使用那份完美的筆記重現上課內容，還幫忙出考題……這早就已經超乎一般同學之間互相幫忙的程度了。」

「沒有啦，不是說過好幾次了……那是因為這樣我自己也能用功，所以妳不必在意。何況紫条院同學也請了我許多果汁與零食啊。」

因為讀書會是能跟紫条院同學一起度過的時間，所以對我來說是無可取代的幸福時光。

但我當然無法老實地這麼說，所以紫条院同學似乎很在意「沒有付出任何代價就讓人花時間教自己功課」這件事。

所以她表示要在讀書會中提供果汁與零食的提議時，我為了讓紫条院同學心理上輕鬆一點而接受了她的好意。

「真是的……就算是我也知道那麼一點零食根本無法與新濱同學的負擔相比喔。」

紫条院同學輕聲一笑後才繼續說：

「所以隨著讀書會的次數增加，我就開始覺得輕小說禁止令不是那麼重要了。要是考出來的成績辜負了幫忙我到這種地步的新濱同學該怎麼辦……這是我唯一感到不安的事情。」

然後紫条院同學就一直凝視著我。

她的眼睛裡帶著深深的感謝——以及開朗的心情。

「託新濱同學的福才能努力到這種地步——我想要挺起胸膛來說出這句話。」

這麼說完後，紫条院同學就露出滿足的笑容。

對於能用結果回報我以老師身分竭盡所能指導一事感到開心，她驕傲的笑容如實地反應出這樣的心情。

「……紫条院同學，妳的表情很棒喔。」

「呵呵，謝謝。不過……新濱同學臉上的表情也很棒呢。」

「嗯，我們都很努力啊。」

兩個人都替對方著想，同時累積著努力來贏得希望的結果。

令人舒服的滿足感，讓我們同時發出笑聲。

然後在這種幸福的氣氛當中——

「哈哈！我聽說嘍春華！」

響起完全不想聽見的聲音，讓我沉浸在甜膩氣氛中的意識回歸普通狀態。

接著一回過頭，出現在該處的就是那個狗屁臭帥哥的臉龐。

剛才跟我比賽考試分數落敗而丟了大臉，目前股價正暴跌當中的王子——御劍隼人就在那個地方。

這傢伙……到底來做什麼？

「咦……咦？御劍同學？那個……你找我有什麼事嗎……？」

紫条院同學驚訝地瞪大了眼睛。

突然出現的御劍明顯讓她感到困惑。

「嗯，是啊！我聽見妳跟這傢伙的談話了，妳為了提升學力而需要有人擔任老師來指導妳功課對吧？」

「嗯，是沒錯……不過那又怎麼樣呢……？」

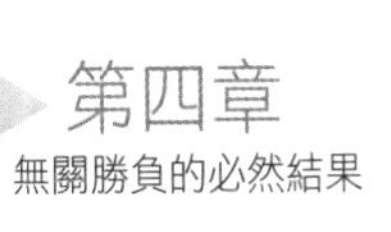

第四章
無關勝負的必然結果

「那妳應該感到開心！今後將由我來教妳功課！」

什……什麼啊啊啊啊啊啊啊啊！

這傢伙到底在胡說些什麼！

「至今為止因為是註定好的命運所以我也不怎麼急……不過為了不讓一些雜七雜八的傢伙靠近，看來差不多該好好展示我們的關係了。為了達成這個目的，擔任老師也是不錯的方法。今後我就賜予妳與我共度的時間吧。」

「咦？咦？突……突然在說些什麼啊？完全聽不懂你說的話！」

紫条院同學理所當然地露出感到更加困惑的模樣。

御劍所說的其實只是與跟蹤狂一樣的妄言，由於紫条院同學不清楚期末考競賽這件事，所以是真的感到莫名其妙吧。

「不用跟我客氣！我們從幼年時期就相當熟了吧！我到現在都能鮮明地回想起初次遇見妳時的興奮……妳應該也是一樣吧！」

完全不聽紫条院同學所說的話，御劍就跟面對我時一樣只是持續說著自己想說的話。

他以陶醉的模樣，徵求少女同意他「兩人是從小就認識的特殊關係」這樣的說法，但——

「幼年時期……？那……那個，對不起……老實說我不太記得了……」

「……什麼？」

紫条院同學臉上雖然殘留著困惑的表情，還是畏畏縮縮地如此回話。而這樣的發言也意外地給一頭熱的御劍所說的話迎頭澆了一大盆冷水。

「那個，因為有點失禮所以之前都沒有跟你說……其實我連小時候在派對會場見過一面這件事都不記得了。由於進入這所高中後御劍同學就這麼表示，才想起曾經有這麼回事……」

「什……」

對御劍來說似乎是留下強烈印象的邂逅，但是對紫条院同學來說並非如此。

這個事實似乎讓該名自大男受到打擊，好一陣子說不出話來只能僵在現場。看來他完全無法想像自己這樣的存在被人遺忘的情形。

「算……算了……反正接下來教妳功課的時候就能獨處了！從現在開始知道我是多麼優秀的男人就可以了！」

即使精神受到紫条院同學的天然呆反擊而產生動搖，御劍依然像那是決定事項般說道。可惡，受到打擊後就可以滾了啊……！

「春華，妳放一百二十個心吧！我比那個愚劣的嘍囉要有用多了！立刻就能讓妳的成績提升到學年前五名以內！」

「……愚劣……？嘍囉……？」

面對充滿自信地這麼說道的御劍，紫条院同學以難以理解他所說的話一般的面容茫然呢喃著。

這個傢伙，竟然讓紫条院同學聽見這種汙言穢語……！

「你這傢伙……！說起來你怎麼還有臉來接近紫条院同學啊？」

跟我比賽考試分數明明輸了，卻光明正大地無視自己訂下的「敗者再也不准接近紫条院同學」的規則！

「閉嘴，礙事的垃圾……！我當時最想要的才是最優先的規則！然後我正在跟春華講話！打擾我們蜜月的蒼蠅快點給我滾開！」

（什……什麼蜜月啊，這個臭傢伙……！還是一樣聽不懂人話……！）

我也不認為這個傢伙會因為輸掉比賽而乖乖退出……但他的言行舉止都幼稚到遠遠超出我的想像，實在讓人氣到頭昏。

如此忝不知恥的話，就不可能以規則或者約定來阻止這個傢伙了。

「好了春華，沒有必要再倚賴這個蠢貨了……妳將會因為我作為教師的優秀指導能力而感動不已！我招待妳到御劍家，親自指導妳功課吧！」

這傢伙……！哪能讓你繼續大放厥詞！

就由我來狠狠地——

「……我拒絕。你沒什麼可以教我的。」

嚇了一跳的我不由得停住對御劍打開的嘴巴。

這是因為我從紫条院同學所做出的拒絕發言裡，感受到從未由她身上發出的刀刃般鋒利度，以及甚至可以說是苛薄的冷漠。

「妳……妳說什麼……？本大爺都說要教妳了……妳竟然拒絕我嗎……！」

御劍以難以置信的模樣發抖著。

等一下等一下。就我來說，確信這樣的提案馬上就能獲得同意的你才是令人難以置信哩。

「……進入這所高中就讀後御劍同學好幾次找我搭話，不過每次都是這樣。」

這道聲音冰冷到讓我一瞬間懷疑，這真的是紫条院同學的聲音嗎？

而且不只是這樣，平時少女天真爛漫的眼睛裡也帶著未曾見過的寒意，這讓我打從心底感到吃驚。

「總是說著自己想說的話，完全不理會別人的心情……就是因為這樣，我才會一直避著你……！」

紫条院同學說出的話裡帶著明確的非難之意。

但即使是這樣，御劍仍然無法理解她的意思。他眼裡的世界跟我們有太大的差異，讓他根本聽不懂紫条院同學的話。

「……妳在說什麼？說自己想說的有什麼不對。揣摩他人的心思是嘍囉之間才會做的事。

第四章

無關勝負的必然結果

我御劍隼人……在任何方面都跟一般的嘍囉不同，我是最配得上妳的『上等』男人啊！」

「『上等』……？抱歉。我聽不懂你在說什麼。」

「『上等』就是『上等』啊！妳不論是家世還是美貌都跟一般的女人不一樣！所以妳不應該跟在那裡的『下等』蒼蠅男在一起，應該待在我這個同等級的男人身邊才是正確的選擇！」

這個臭傢伙，給你幾分顏色就開起染房來了……！

完全輸給我的下等嘍囉王子少說大話——

「——請你適可而止。」

咦……剛才那道令人冷汗直流的凶狠聲音是……

出自紫条院同學口中嗎……？

「本想聽你說些什麼，結果淨是些汙言穢語……！從剛才就用什麼嘍囉、愚劣、蒼蠅來罵新濱同學……！你不覺得很失禮嗎？」

紫条院同學表現出平常絕對不會顯露的憤怒感情，聲音也變得不耐煩。

「新濱同學要顧及自己的功課就已經辛苦了，還為了我準備資料與題目，甚至比真正的老師還要盡心盡力地幫我！你竟然如此地批評他……到底以為自己是誰啊！」

那個溫和、天真的紫条院同學竟然——

因為我而生氣了。

「什……妳……妳是怎麼了，春華……？那樣的嘍囉根本不重要吧？像妳這樣的女人應該跟我在一起——」

「就我來看！完全聽不懂你到底在說什麼！現在唯一知道的是，你是一個非常失禮且討厭的人！」

平常只帶著和藹表情的美麗臉龐染上憤怒的神色，紫条院同學說出了直接表達內心憤怒的發言。

「我最討厭你了！請你再也不要跟我說話！」

「什……」

成為最後一擊的發言，讓御劍維持瞪大眼睛的姿勢固定在現場。

完全拒絕與嫌棄的發言，似乎把成為這個傢伙精神基盤的自尊變成玻璃工藝品的碎片，讓他整個人一動也不動。

「新濱同學，我現在無法冷靜地談話，我們等一下再見吧！總之我現在不想繼續待在這個人附近了！」

這麼說完後，紫条院同學就像是無法壓抑爆發的感情般跑離現場。

而在那之後——

「等……等等……春……」

憔悴到跟短短幾秒鐘前像是另一個人般的御劍，無力地朝紫条院同學跑走的方向伸出手臂。

但他的聲音與手當然都無法讓紫条院同學停下腳步，於是只能搖搖晃晃地佇立在那裡。

被原本應該完全按照自己計畫進行的現實狠狠痛擊，似乎讓他的自我意識受到了強烈的傷害。

「為什麼……為什麼……為什麼……事情會變成這樣……？」

他以恐怖的面容如此重複呢喃著，不過其實我知道答案。

因為以符合常識的觀點來看，不考慮他人的人就是紫条院同學最討厭的類型。但在這個再理所當然也不過的道理之前，這傢伙還有一件應該理解的事情。

「我來告訴你吧？先不要問為什麼，說起來前提根本不一樣。」

「什……麼……？」

看來御劍的心靈似乎受到相當大的打擊，這時他以失去平時那種威風的模樣看著我。

於是我就指出存在於這傢伙內心的想法。

「說起來……你雖然說什麼命中註定的對象，但你不是喜歡上紫条院同學了對吧？」

「…………」

御劍沒有反駁我這一句話。只是茫然把視線對著我。

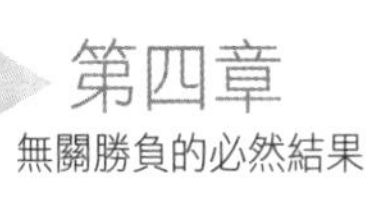

「跟你談過後就覺得很奇怪。你談到紫条院同學時，除了外表與家世等『價值』之外，完全沒有提到內在的條件。而且表現在臉上的與其說是戀愛感情，倒不如說像是物慾般的東西。」

因為自己喜歡紫条院同學才能夠理解，十幾歲的男孩子——尤其是像御劍這種態度直接連結感情的人如果要談論對於特定女性的想法，應該會展現許多熱切的愛意。

但這傢伙對於紫条院同學只說了些宛如形容寶石價值般的內容，而這些話裡面也感覺不到對於異性的執著。

「相對的，異常看重的是『上等』與『下等』的規則。幾乎已經到了這個世界上只存在這種規則的地步。」

御劍一直都是這樣。

「你光是跟春華待在一起就是一種罪惡了。」

「你這樣的『下等人』，趴在地上懇求我這樣的『上等人』讓你生存下去已經是常識了吧。」

「都已經是高中生了，竟然連最低限度的規則都不懂，到底有多垃圾啊？」

嘴裡經常說的不是自己怎麼想或者希望怎麼做，展現的是頑固地守著虛構規則的姿態，以及打破那種規則有多麼罪孽深重。

嘴裡說著自己什麼都辦得到，所以無論要做什麼都無所謂，實際上御劍才是行動原理被「上等人」這種樣板限制住的傢伙。

然後很巧的是這種情況正好跟校園階層的不成文規定一模一樣。

階層的一軍很了不起。一軍只能跟一軍往來。三軍必須跟三軍湊在一起，三軍不能夠違背一軍所說的話……

自己的行動就這樣被並非有什麼人訂下的規則限制住了。

「你之所以如此執著於紫条院同學，只是因為家世和美貌等最高級的能力，而你認為獲得它們的話自己就能變得更加『上等』吧。」

這傢伙看見的不是紫条院同學的內在，而是表面上的「最頂級」。

跟錯認只要擁有名牌包或者首飾就能提升自己的價值，無視本質只執著於價錢的行為也極為相似。

「然後對你來說，紫条院同學沒有理由拒絕擁有最強能力的自己是理所當然的事……很遺憾的是紫条院同學沒有這樣的價值觀。這就是你被甩的理由。」

某方面來說，這傢伙就像是校園階層的化身。

把居「上位」才是正義這種極度狹隘的價值觀當成絕對的規則般遵守，也深信這就是全世界共通的常識。

「你在胡說些什麼……？你們這些嘍囉也就算了，春華可是紫条院家的女人喔！那傢伙是難得一見的『上等人』……所以只要能獲得那個傢伙，我就能爬到更高的地方！然後對那個傢伙來說，跟像我這樣的上流男人在一起才是幸福吧？為什麼無法理解這才是真理……！」

自身的絕對價值觀遭到否定的御劍，像是要表示真的無法理解般大叫著。

這傢伙應該無法理解別人也有自己的價值觀這件事吧。

「嗯，這個部分只能你自己去消化了。不過，你沒有發飆的權利喔。」

「什麼……？」

「我有說錯嗎？紫条院家在家世與財力上都遠超過御劍家不是嗎？也就是說，紫条院同學比你還『上等』，不論自尊如何受到踐踏也只能默默接受對吧？你一直說的『上與下』理論就是這樣。」

「……嗚！」

御劍反射性想要叫些什麼，但或許是我提出的理論正是按照他所高舉的上下規則吧，他根本無法反駁只能一直保持沉默。

「再見了。一開始遇見你時覺得怎麼有如此任意妄為的傢伙……現在倒是覺得你只執著於自己不喜歡的女孩的『階層』，真是個超級作繭自縛的傢伙。」

我只留下這句話就轉身離開了。

雖然說了這些話，但我不認為御劍會反省。

但像這樣動搖那傢伙的價值觀，如果能減少1％今後試圖復仇或者變成跟蹤狂的可能性就謝天謝地了。

我在內心想著可以的話再也不想跟他扯上關係，同時快步離開現場。

＊

「抱歉剛才自己一個人離開那個地方……！」

我邊走邊找尋紫条院同學的身影，結果立刻就在中庭發現正在調整呼吸的少女並順利跟她會合。

然後紫条院同學一看見我，開口就馬上向我道歉。

「因為腦袋實在快燒焦了，連自己都快失去控制，所以才想要獨自冷靜一下的時間。雖然還是一直無法冷靜下來……」

「沒有啦，我完全不在意，應該說我才應該道歉。原本應該是被罵的我要站出來讓他閉嘴才對……！」

結果給予御劍決定性的傷害，讓他沉默下來的是紫条院同學。

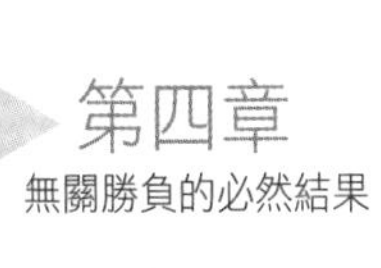

第四章

無關勝負的必然結果

看來我是讓女孩子去應付那個超乎常識的男人，實在是太丟臉了。

「新濱同學不需要道歉！我只是忍不住想要表明無法原諒對方的心情而已！明明跟新濱同學聊得很開心……啊啊真是的！這是我有生以來第一次這麼生氣！」

紫条院同學以仍然氣呼呼的模樣這麼說道。

即使面對那個笨蛋王子從頭到尾都讓人感到非常不舒服……但能看到喜歡的人像這樣展現出不為人知的一面，其實是相當新鮮且感動的一件事。

「那個……難得看到紫条院同學這麼地生氣。」

聽人說平時個性溫厚的人一旦生氣會很恐怖，而像天真爛漫的天使一般的紫条院同學生起氣來也相當有壓迫感。現在她的用詞遣字當中仍然散發出相當強烈的怒氣。

「嗯，沒想到他是如此失禮的人……嗯，反正不會再跟那個人扯上關係，所以也不重要了。」

哦……哦哦……平常的紫条院同學絕對不會使用如此堅決的說法。

御劍變得像是連名字都叫不出來的陌生人，那個笨蛋王子毫無禮貌的態度似乎真的讓她很生氣。

看來……我被找碴最後不得不跟他比賽考試分數這件事，還是之後再提比較好。

現在她看起來極度不想再聽見那個傢伙的名字。

「呼，總之先忘記那個令人不愉快的人……我是想跟新濱同學說考試結束後要報答你的事情。首先想問的是，有沒有什麼不喜歡吃的東西？」

「咦？沒有，除了噁心的食物外，我其實不太挑食……」

是要買比較貴的點心當成給我的謝禮嗎？

嗯……雖然沒必要做到這種地步，不過紫条院同學如果想對我的勞力付出等價報酬的話，可能就應該收下……

我原本預測可能是這種情況，結果從紫条院同學口中說出的卻不是如此簡單的事情。

「太好了！我接下來才要跟爸媽商量……其實我想招待新濱同學到我們家！然後親手做午飯與點心給你嘗嘗！」

第五章
前往紫条院家的招待

我的名字是紫条院時宗。

靠一己之力賺得萬貫家財，與名門大小姐歷經轟轟烈烈的愛情後抱得美人歸，我就是經歷這種電影般人生旅程的成功人士。

現在跟妻子以及女兒一起在客廳裡歇息，心情極度放鬆。

「學年第五十八名……春華，妳很努力嘛！成績跟上次的期中考比起來進步非常多呢！」

看見女兒春華拿回來的成績單，我的臉上忍不住綻放出笑容。

記載在上面的數字，如實地表現出女兒有多麼努力。

「是啊，我真的很拚命！所以……這樣輕小說禁止令就……」

「嗯，當然取消。但今後不能再沉迷到影響功課喔。」

「好的，我會注意！」

看來春華真的很喜歡那種有插畫的小說，只見她很開心地如此回應。

女兒對於課業雖然相當認真，不過卻因為天真的性格導致經常出現迷上課餘書籍以及影片就會忘記時間的情況。

這次是為了糾正她這個壞習慣而提出罰則，看見她能順利克服難關還是很令人高興。因為我也不想阻礙女兒的興趣。

「不過妳的成績真的進步很多呢！從一陣子前開始回家時間經常變得比較晚，是留在學校看書的關係嗎？」

妻子秋子感到不可思議般這麼詢問。

確實我也沒想到考試的成績會變得這麼好。

「是的，就是這樣！其實是成績很好的朋友一對一指導我的功課……對方的指導方式也很能引起我的幹勁，我真的很感謝他！」

「嗯，一對一嗎？妳交到很的好朋友了呢。」

「是啊，那個朋友真的很厲害！明明一直指導我功課，自己也非常努力用功，期末考還拿到學年第一名呢！」

「哦……那的確很了不起。」

為了朋友如此盡心盡力，自己還能確實拿下第一名絕對不是簡單的事。看來是相當有骨氣的孩子。

「但是春華……妳的成績全部上升了，對方是教妳哪些科目呢？」

第五章
前往紫条院家的招待

「這個嘛……一開始只是教我成績比較差的科目，不知不覺間就變成從頭到尾十個科目全部都教……」

「妳……妳說全部！這再怎麼說都太親切了吧？」

那個朋友到底花了多少時間在春華身上！

「是的，我也是這麼認為，所以說過好幾次不好意思讓對方花那麼多時間教我……但對方卻表示『這樣我自己也能用功，教妳也很有趣』，最後還是所有科目都倚賴人家。想說至少要表達一些心意，所以拿了零食過去……」

該怎麼說呢……對方不知道是沒有極限的大善人還是相當看重友情……

「而且每個學科的指導方式都很確實……還幫忙猜題，結果真的猜中許多題目，真的嚇到我了。這次我的成績能夠提升都是靠那個朋友幫忙。」

「嗯，確實是很了不起的朋友……咦？難道跟之前提過的，獨自完成校慶的企畫並且連準備與實際上的營運都做出指示的那個同學是同一個人？」

妻子秋子似乎聽說過這件事，不過我還是首次得知。

校慶的準備以及舉行當天都接到春華笑著表示「非常開心！」的報告，就此感到滿足的我沒有繼續追問下去……

「沒有錯！那個時候用非常縝密的計畫和極為明確的指示讓班上動起來，作為實質上的領導人真的相當忙碌……即使是那個時候，就算減少次數還是讓讀書會持續下去了喔。」

「等……等等……那孩子是怎麼回事？怎麼聽起來都像是突破體力極限在進行活動……」

就算還年輕，這實在太操勞了。

如果是我們公司，就會有勞檢來稽查勞動條件了。

「關於這一點……不論怎麼忙都說『沒有充足睡眠的話哪一天會突然死亡』，似乎絕對不會輕忽睡眠時間。然後擅長以極有效率的速度來處理事情，什麼事都能順利完成。」

「越聽越覺得這孩子不像高中生……」

尤其是睡眠時間方面特別有真實感。

是有親人因此而過世嗎？

「然後呢……為了報答對方教我那麼多功課，這個週六我想招待那個朋友到我們家來！」

「哦，到我們家？」

「是啊，雖然考慮過送禮物，不過還是覺得由我準備全部的料理請朋友吃中飯比較能傳達感謝的心意……」

聽見她這麼說後，我就因為自己的女兒沒有被社長千金這樣的環境吞沒，成長為一個相當正直的人而感到安心。

親手做料理招待對方，藉此表達感謝之意——這樣的心意相當重要。雖然送禮也是不錯的

選擇，但親自花時間的話可以傳達出自己有多麼感謝對方。

「嗯，這是很棒的主意！雖然我也想幫忙，不過春華想自己來的話那就這麼決定了！親愛的，你說對吧？」

「嗯，那是當然了。好好地招待對方吧。」

這次考試春華的成績有了顯著的進步。

如果這全是託該名朋友的福……那對方的指導方式真的很優秀，這樣的成果甚至會讓我願意支付正規家庭教師的薪水給那個孩子。這次應該按照春華的提案，好好招待對方來表達感謝之意吧。

「對方如此盡心盡力的話，我們家也不能完全沒有表示。我那天剛好有事不能待在家裡，不能見到那個孩子實在有點可惜……嗯，不過妳不用在意，好好地玩吧。」

照顧春華到這種地步的話就會想跟對方道聲謝，何況也對這樣的超級高中生究竟是什麼樣的孩子有點興趣。因此很想打聲招呼，不過時間湊不上的話就沒辦法了。

「太好了！謝謝你，爸爸！」

「哈哈哈，我可不是心胸狹窄到無法允許女兒招待朋友的男人喔。」

呼，今天真是個好日子。

竟能讓女兒以非常可愛的笑臉對我說「謝謝」。

第五章
前往紫条院家的招待

「……嗯嗯？哎呀？校慶相當活躍的學生我記得是男……啊！」

「？怎麼了秋子？」

「呵呵……沒有，沒什麼事喔，老公。」

真是個奇怪的傢伙。

剛才的發言有什麼要素讓她浮現帶有深意的笑容？

「那我就跟朋友說這個星期六來我們家！好了，我要思考一下當天午餐跟點心的菜色，那我先走了！」

話才剛說完，春華就急忙回到自己的房間去了。

哦哦，看來她是幹勁十足。

「哈哈，年輕女孩之間的友情真是珍貴。至今為止那個孩子身邊似乎都沒有可以稱為好友的存在……我看她們應該很欣賞對方吧。」

「呵呵……是啊，感情真的很好。」

「唔，怎麼了？為什麼看著我的臉無聲地笑呢。」

妻子從剛才言行舉止就很可疑。

不知為什麼露出嘻皮笑臉的模樣，而且還壓抑著不發出笑聲。

「沒有啦，總覺得我也開始期待能見到那個朋友了！星期六怎麼不快點到呢！」

「哦，這樣啊。我應該見不到了，幫我跟對方說聲今後春華也請她多多指教。這個孩子有些粗神經的地方，請對方好好地幫忙她。」

「噗呼……！沒……沒有啦，說得也是。我會傳達的。」

「？」

看見突然間忍俊不住而噗哧一笑的妻子，搞不清楚狀況的我只能露出狐疑的表情。

＊

「嗚哦哦哦哦哦哦哦哦哦！怎麼辦！怎麼辦！」

我在自家的客廳抱起頭來。

原因當然是因為前幾天紫条院同學招待我到她家去玩的提案。

看來她似乎順利獲得雙親的同意，於是正式邀請我到紫条院家去作客——

「我要去紫条院家……？完全沒想像過有這樣的情境……！」

怎麼辦……去紫条院家本身雖然讓人緊張不過不是太大的問題。

但是前往該處的裝備……

「嗯～？老哥為什麼抱著頭？」

妹妹香奈子對我搭話道。

怎麼感覺這傢伙最近經常待在客廳啊。

「啊……！難……難道……跟之前說的那個王子（笑）的比賽輸掉……」

「不是，我拿下學年第一名，徹底地擊敗了那個傢伙。而且那傢伙還打破自己所說的敗者規則想搭訕紫条院同學，結果被說了一句『請再也不要跟我說話』而精神崩壞了。」

「哦……哦哦哦哦哦哦！真的是超級完全勝利耶！咦，那麼……是為什麼這樣大聲嚷嚷呢？」

「噢，那是因為……」

把事情經過說了一遍後，招待我去家裡的事件果然也讓香奈子嚇了一大跳。

「去……去她家……？咦，這不只是有譜而已嘛！老哥，這樣已經完全搞定了啦！」

「別開玩笑了。之前也說過紫条院同學是超級天然呆兼粗神經的大小姐。這跟戀愛什麼的無關，純粹是為了感謝我教她功課。」

因為紫条院同學一直很擔心在自己請託下開始的讀書會是不是造成了我的負擔。今天如果我站在紫条院同學的立場，也會竭盡所能地向她表達感謝之意吧。

「咦咦……不是在含情脈脈的情況下說著『這個星期六……我爸媽都不在家……』來邀請你的嗎？」

第五章

前往紫条院家的招待

「別擅自把紫条院同學當成素材用在這種色色的情境上！她是以平常的天真無邪笑容說著『希望你到我家來玩！』啦！」

害我一瞬間想像……要是她在我耳邊呢喃著這種台詞該怎麼辦了啦！

「什麼嘛……那老哥你到底在煩惱什麼？比賽也贏了還發生心儀女孩招待你去家裡的事件，這不是很Happy嗎？」

「……我沒有衣服。」

「啥？」

「沒有適合穿去紫条院同學家的衣服！現在去買也不知道該買什麼樣的服裝才好……！」

在這輩子利用前世培養出來的強大精神力與知識順利完成許多事情，但是關於時尚就束手無策了。

因為我除了因為社畜業務而忙得昏天暗地之外，還一輩子都沒交過女朋友，所以只在意西裝、襯衫、領帶等社會人士需要的服儀，完全不懂私底下跟女孩子見面時的服裝穿搭。

「被招待到某方面來說比約會還要沉重的家裡……能夠穿平常那種量販店買來的服裝嗎！可惡，總之現在還是先去百貨公司或者男服專賣店……」

「好了，Stop。」

「嘎噗！」

第五章
前往紫条院家的招待

立刻準備起身出門的我，肚子被香奈子無情的拳擊打中。

「做……做什麼啦！家暴嗎？」

「所以說先冷靜下來啦，老哥。不習慣買衣服的老哥就算突然跑去百貨公司，最後也只會落得買錯服裝而白白浪費存下來的壓歲錢的下場。」

「說起來根本不用這樣打腫臉充胖子啦。」

嗚咕……！這……這傢伙竟然預言出如此活生生的未來！

「咦……但是……」

「老哥是高中生，穿便宜的服裝是理所當然。硬要選擇高級布料的昂貴服裝反而會不符合年齡而顯得格格不入。」

「咦……是這樣嗎……？」

完全不習慣買衣服的我，不由得擺出跪坐的姿勢專心聽起香奈子的教導。

只看內在的話，就是前大叔乞求國中女生指導的構圖，說起來真是太丟臉了。

「是啊，雖然也有才國中就擁有名牌服飾或包包的女生，但沒有任何心思只是穿戴在身上的話，就會因為太不合適反而顯得孩子氣。」

國中生就有名牌包……？咦，那也太恐怖了吧。

像那樣的孩子，父母親都是醫生或者律師嗎？

「所以就算穿便宜的服裝，只要注意整潔感就可以了。先剪好頭髮、洗澡、刷牙還有修整鼻毛。衣服當然也得穿剛送洗回來的。啊，不過衣服的顏色就得注意一下。」

「顏……顏色……？顏色有哪個地方重要？」

「雖然不是非常重大的要素，但首次私底下一起度過的話，基本上要避開黑色選擇明亮的顏色比較好。老哥現有的衣服裡面……T恤的話就是橫條紋或者藍色，襯衫的話就是安全的白色吧？釦子有些暗沉的顏色是沒關係，不過上衣如果是白色的話，就搭配棕色的棉褲吧？」

這女國中生是怎麼回事……太可靠了吧。

「關於這方面，妳這傢伙還是很強……話說回來，虧妳知道我有哪些衣服耶？」

「是啊。老哥從以前開始便服的穿搭就完全不行，所以總是茫然望著你，內心同時想著『那個地方改成那樣明明會好很多……老哥真土』。」

「又像這樣在貶低我了……」

咦？不過……這樣的話……

香奈子……連個性陰暗的我還只會嘟嘟囔囔說話的時候，妳就一直注意著我，連我有什麼衣服都知道了嗎？

「嗯，就連我也沒聽過有人在交往之前就被招待到家裡去，去了那裡之後該怎麼做完全是未知數，關於這一點就只能靠老哥自己加油了！可以確定的是這絕對是重大事件，要趁這個機

第五章

前往紫条院家的招待

會好好抓住公主的心！」

「嗯……嗯！我會努力看看！」

重大事件……嗯，這確實是再重大也不過的事件了。

這是首次在學校之外的地方跟紫条院同學有所接觸，對於一個喜歡她的男性來說，被招待到家裡絕對是極為重要的事件。

「啊，但就算場面再怎麼熱絡，都不能在別人家做色色的事情喔。」

「誰會這樣啊笨蛋——！妳以為我是哪種人啊？」

「咦？不就是腦袋充滿特定女孩子的處男嗎？」

「是沒錯啦！雖然是這樣沒錯，但妳的說法太難聽了！」

嗯，像這樣跟妹妹打打鬧鬧的，日子馬上就過去了——

被招待到紫条院同學家的那一天立刻來臨。

*

紫条院家的宅邸位在略為郊外的地方，以前送紫条院同學回家時走了相當長的一段距離。

由於這次她表示「新濱同學是客人，當然會過去接你！」，所以我正走向約好碰面的地點……

（不過……光是假日能跟紫条院同學碰面就已經不太真實了，去的地方還是紫条院家宅邸……真是到現在依然難以置信的狀況……）

這輩子跟紫条院同學接觸的時間越多，就越知道她有多麼天真。

一般來說，不論對方多麼照顧自己，都不會想到要招待並非男友的同班男孩子到家裡玩。

（嗚嗚……心跳得好快……我內在的精神力雖然有大叔的強度，但感情震盪的幅度等心靈面仍是符合肉體年齡的十六歲版本啊。內心因為歡喜與緊張變得波濤洶湧。）

讓心儀女孩提出「想謝謝你舉辦讀書會所以請讓我招待你來家裡！」邀約的欣喜，使得我興奮到快要跳舞，不過要跨過富豪紫条院家的門檻同時也讓我非常緊張。

（不對不對，還是別胡思亂想，總之還是先享受今天這個日子吧。紫条院同學也是為了讓我享受才會招待我到她家。）

邊想著這些事情邊在路上走著，結果發現已經來到目的地。

即使沒有打算提早抵達，但社畜時代遭到灌輸的「遲到對於社會人士來說是死罪」這樣的觀念，似乎還是讓我在下意識中提早十五分鐘行動。

「好，先跟對方聯絡……啊！」

反射性拿出功能型手機才突然回過神來。

第五章
前往紫条院家的招待

我的人生要說到碰面，幾乎都是在為了業務而出差的時候。

因此養成抵達目的地後先傳個訊息跟上司或者同僚報告的習慣，結果現在才發現自己的手機裡沒有登錄紫条院同學的信箱。

（說得也是……我仍然連紫条院同學的信箱都不知道……）

這個時代還沒有智慧型手機與聊天應用程式，所以傳訊息仍是主流，不過交換聯絡方式是加深感情的第一步則跟未來一模一樣。

（雖說覺得多少跟紫条院同學變熟一些了……但互相不知道信箱的話，以客觀的角度來看仍不算真正的朋友吧……以戀愛來說，這樣根本還沒站上起跑點吧？）

重要的是春天馬上就要結束，夏天要來臨了。

到了暑假，不知道聯絡方式的雙方會變得幾乎沒有任何交點。

（然後就會度過一個跟前世沒有什麼兩樣的夏天。）

完全見不到紫条院同學的夏天……對於強烈不願意出現這種情形的自己感到有點驚訝。看來我對紫条院同學抱持著比自己所認為的還要強烈的感情。

當我想著這些事情時——突然從背後傳來銀鈴般的聲音。

「早安啊，新濱同學！」

「咦……紫条院同學？」

轉身往聲音來源看去，就看到熟悉的少女以陌生的模樣站在那裡。

（嗚哇啊……該怎麼說呢……很有「大小姐」的感覺……！）

在校外所見到的紫条院同學便服打扮，可以說令人印象深刻。

上半身是長袖女用白襯衫，在胸口晃動的荷葉邊醞釀出可愛與清純感，同時布料的顏色也強調著飽滿的雙峰，明明一點都不暴露卻刺激著男孩子的煩惱。

黑色高腰裙大大地鼓起，每當覆蓋在絲襪底下的纖足擺動就會跟著輕輕搖晃。

說起來算是略顯傳統的服裝，不過布料是連我都一看就知道的高級品，與紫条院同學的美貌及體態相乘之下看起來彷彿中世紀貴族的大小姐，一瞬間就讓我看傻了眼。

「呵呵，我就想新濱同學一定會比約定好的時間早到。謝謝你今天接受我的邀請！」

假日在街上跟穿著便服的紫条院同學見面——當我因為這種新鮮的體驗而暗暗感動時，她的臉上又浮現出常見的純真笑容。

光是這樣，今天就是個好日子了。

竟然能跟原本只有上學日才能見到的紫条院同學像這樣面對面交談。

「想不到紫条院同學竟然真的招待我到家裡吃飯，其實我才想要道謝呢。啊……那個，還有……」

「？」

紫条院同學像是感到不可思議般看著吞吞吐吐又搔著臉頰的我。

之前妹妹香奈子甚至對我說了「一定要講！絕對不能用什麼太害羞了講不出口之類的當藉口！」……所以得鼓起勇氣來說出口才行……！

「那……那套衣服……很適合妳。我覺得很清純……而且漂亮……」

「……！」

我即使羞紅了臉，還是說出毫無虛假的真心話。

說……說出來了……！雖然很害羞還是說了！

「呵呵……聽你這麼說真的很高興。看來我選衣服的時間沒有白費。」

紫条院同學靦腆地把手放在胸口，同時浮現恬靜的笑容。

太……太好了……看來妹妹的戰術指導裡頭「絕對要稱讚便服」對於天然呆的紫条院同學也有效果。

「不小心就一直在這裡聊起天來了……差不多該到我家去了，好了請上車吧。」

「咦……妳說上車……嗚哇，勞斯萊斯……！」

紫条院同學所指的前方，停著一台誰都知道名字的超高級名車。對紫条院家等級的富豪來說是與身分相符的車輛，但社畜出身的我真沒想到有一天能搭上這種ＶＩＰ專用車輛……

「那……那我就不客氣了……打擾了……」

縱然才剛決定要自己別緊張好好地享受，但一進入只在電影裡看過的高級車內部裝潢之中，就感覺格格不入而膽怯。

我真的可以穿鞋踏入這樣的地方嗎……？

「初次見面，新濱少爺。我是司機夏季崎。」

從駕駛座回過頭來的是四十歲左右，體格壯碩的司機先生。

像紫条院家這樣的富豪，僱用了私家司機當然一點都不奇怪，只是在區區庶民的我眼裡，對方就是極為奇幻的存在。

「啊，初次見面，請多多指教。我是真黑股份有限公司的……不對啦！」

由於司機先生對身為孩子的我也用跟成人同樣的打招呼方式，結果就發動了社畜的反射動作在懷裡搜索著根本不存在的名片。

啊啊真是的，我到底在做什麼啊……

「抱……抱歉。因為有點緊張而說了奇怪的話。那麼言歸正傳……我是紫条院同學的同班同學，名字是新濱心一郎。今天請多多指教。」

「好的，請多多指教。哎呀，夫人悄悄告訴我春華大小姐的『朋友』應該是男生時真的嚇了一跳……不過您真的很有禮貌。」

「千萬別這麼說，不過是打招呼而已……嗯？『應該是男生』？『悄悄告訴我』……？」

第五章
前往紫条院家的招待

感覺剛才好像聽見奇怪的句子了……

「哈哈哈，請忘記那個部分吧。」

咦，不是吧，請等一下。

身為社畜的危機迴避警報器好像產生了絕不可忽略該處的反應……

「那我們走吧！夏季崎先生麻煩你了！」

「好的，大小姐。」

在我向司機先生提出產生的疑問之前，引擎就在紫条院同學聲音的指示下朝著紫条院家靜靜地運轉起來。

第六章 落得必須向心儀女孩的媽媽告白心意的下場

送紫条院同學回家時曾見過的紫条院家，像這樣在太陽明亮的照耀下目擊，馬上就能知道規模與豪華度提升了好幾個層次。

好巨大……因為是現實世界，所以當然不像漫畫裡的有錢人那樣宛如城堡或者摩天大樓那麼誇張，不過至少有一般兩層樓房屋的三～四倍……不對，應該更大吧？

（不過在車子裡面真是令人又開心又煩惱……紫条院同學實在靠太近了……）

臉頰發紅的我回想當時的情形。

在前往紫条院家途中，我們熱絡地聊著各種話題。

像是「沒有比廢棄王子更能感覺到兄妹愛的作品了……！因為我沒有妹妹，讓我突然覺得好寂寞！」還有「山平同學把期末考成績給父母親看後，就被限制一天只能玩一個小時的遊戲了嗎……！嗚嗚，原本應該也是同樣命運的我實在無法等閒視之……」等等，雖然聊了許多話題……但距離實在是太近了。

即使勞斯萊斯是相當大的車子，車內依然是與外界隔絕的密閉空間。

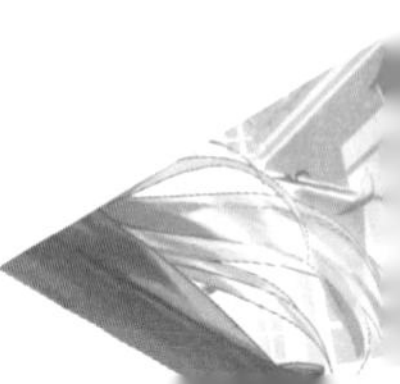

第六章

落得必須向心儀女孩的媽媽告白心意的下場

在這樣的情況中……坐在後座的我，身邊就坐著身穿白色女用襯衫的紫条院同學——在動輒可以聞到微微少女甘甜香氣距離下不斷迫近，同時一直開口說著話。

而且司機先生不知道為什麼還一直咧嘴笑著……

「好了，我們進去吧！已經準備好了！」

我在帶路的紫条院同學引導下，走在寬敞到誇張的庭園裡面。

庭園整理得十分美麗，盛開的五顏六色花朵以及修剪整齊的庭園樹木讓客人感到賞心悅目……不過我倒是對竟然真的存在這種屋內庭園像座小公園一樣的房子感到驚訝。

「我回來了！請開門！」

紫条院同學在外觀奢華的玄關前面這麼說道，不知道是經過聲紋認證還是守衛檢查過監視器了，只聽見電子鎖喀嚓一聲打了開來。

就這樣——我跨入紫条院家的門檻，進入完全未知的世界。

（嗚哇啊啊……這就是上流階層的豪宅內部嗎……因為挑高的天花板，讓空間更為寬敞，完全不像是一般住家……）

踏入紫条院家宅邸的我看到的是插著當季花朵的花瓶、水晶燈、地毯等只有最低限度的家具配置在適切地點，整個空間讓人有高雅的感覺。

應該說真不愧是名門望族，跟只懂用大量高價的家具與美術品來裝飾的暴發戶樣式不同，可以感受到上流的品味與深邃的閒心。

「這裡是客廳！來，請坐吧！」

被帶到像是把高級飯店總統套房擴大般的客廳，依然帶著緊張面容的我就在觸感舒服到恐怖的沙發上坐了下來。

放眼所及的家具應該都價值不斐吧……

「哎呀，歡迎光臨！謝謝你今天的賞臉！」

從客廳深處出現的極美麗女性向我打招呼後，我只能嚇到瞠目結舌。

該名留著中長髮的女性，長得與紫条院同學十分相似。

除了具備她長大後那樣的美麗容貌外，還要加上略為雍容華貴的氛圍，看起來簡直就像是紫条院同學未來的模樣。

「您好，很感謝您今天的招待。我是紫条院同……不對，春華同學的同班同學，名字叫做新濱。那個……您是春華小姐的姊姊嗎？」

「呵呵呵，聽你這麼說真是令人開心。我是那個孩子的媽媽秋子。話說回來……確實跟聽到的一樣，是個很有禮貌的孩子呢。」

她說媽媽……這個人到底是幾歲的時候生下紫条院同學的？

要說只有二十八九歲我也會相信喔。

第六章
落得必須向心儀女孩的媽媽告白心意的下場

不過……這樣啊，是媽媽啊。

雖然有家人在是理所當然，但像這樣直接面對面還是會緊張。

（不過稍微安心了。紫条院同學的媽媽應該是出生於名門望族的黃花閨女，但看起來是相當溫柔的……人……？）

突然發現秋子女士以特別閃閃發亮且興致勃勃的眼神看著我。

她不知為何從各個角度望著我，以極小的聲音呢喃著「哈啊啊……」「哦哦哦……」。

「請……請問……？」

「啊……啊啊，抱歉一直盯著你看！因為我們家沒有兒子，所以家裡有男孩子就覺得很開心！」

「這……這樣啊……」

看來很開心並不是謊言……不過現在這種模樣真要說的話，似乎比較像是發現很有趣事物的小孩子……

「呵呵，雖然有很多事情想跟你聊……不過還是先等一下吧。那麼春華，好好地招待人家啊！」

「好的！事前的準備都完成了，沒問題的！」

「嗯……我指的不是這方面……我們家的女兒真是天真又純潔……」

秋子女士以有些困擾的模樣這麼說完後，留下一句「那麼我先離開一會兒。好好加油嘍春華～」就從客廳消失了。

雖然是有點奇怪的人……不過從她的口氣聽起來，應該是歡迎我的來訪。這一點就很令人感謝了。

「那麼請先喝茶吧。」

紫条院同學似乎是趁我跟秋子女士打招呼期間準備好茶壺，接著就把芳香的紅茶倒進放在我眼前的茶杯裡。

「啊，謝謝……真的是很新鮮的體驗。我以前從來沒有被招待到女孩子家裡，也是第一次有同學泡茶給我喝。」

「不只有茶喔！今天的招待將全部由我親力親為！」

「哦哦……果然是這樣嗎……」

看見發出「哼哼！」一聲挺起胸膛來鼓勵自己的紫条院同學，我終於產生這一切都是現實的真實感，並因此發出感嘆的聲音。

（憧憬已久且非常喜歡的女孩子……原本認為像遙不可及的天使一般的紫条院同學竟然為了我下廚做菜……不行，我感動到快流眼淚了……）

「啊，新濱同學那種表情……難道是在懷疑我真的會做菜嗎？呵呵，別擔心喔。已經請媽

第六章

落得必須向心儀女孩的媽媽告白心意的下場

媽和來我們家的專業廚師指導我了。」

「啊，沒有啦，校慶時已經見識過妳身為調理班長的技術了，這一點我並不擔心！應該說，這裡果然有廚師嗎！」

「是啊，正確來說是代客料理的人。媽媽雖然喜歡做菜，但她同時也做著像是爸爸祕書般的工作，所以通常沒什麼時間，因此我們經常利用這樣的服務。」

嗚咿咿……

想不到真的存在日常生活中會利用這種服務的家庭……

「有好幾次都覺得應該讓你品嘗真正的廚師所做的料理而不是我做的……但又覺得這樣就沒有意義了。」

紫条院同學一邊將紅茶旁邊放有方糖的小盤子放到我面前，一邊繼續說著：

「我有多麼感謝新濱同學在讀書會為我做的一切……為了表達這樣的心意，必須要是我努力做出來的料理才行。」

「紫条院同學……」

嘴裡說出接待真正意義的少女是那麼地天真無邪。

以仿若春風般平穩笑容如此宣告的紫条院同學，加上那身清純的傳統大小姐打扮，讓她看起來就跟真正的天使一樣。

「因此真的只是粗劣的手做料理……你不會是期待能嘗到專業廚師的味道了吧……？如果是這樣那就真的很抱歉了……」

「咦……？沒……沒有啦！我完全沒有那種想法！不需要什麼專業廚師的味道！我全心全意想吃紫条院同學做的料理！絕對想吃……！應該說不是妳親手做的我不要！」

聽見紫条院同學沮喪的聲音後，我發覺自己忍不住反射性說出真心話就羞紅了臉。

雖說那幾乎是下意識中的喊叫，但實在忍不住要隨著衝動表達出我認為紫条院同學親手做的料理有多麼尊貴。

「咦……咦咦？那……那個……謝謝……聽到你如此熱烈的發言，反而有點害羞就是了……」

就連平常總是有點天然呆的紫条院同學，像這樣直接聽見對於出自己料理的熱烈期盼後可能也有點不好意思吧，只見她的臉頰微微泛紅。

然後……兩人之間就出現了有些尷尬的沉默。

我們兩個人接下來明明要一起吃飯，不知道為什麼在之前的階段雙方的臉頰都因為害羞而染紅了。

「啊，沒有啦，嗯……總之我很期待！」

「好……好的……！我立刻就開始調理，請稍等一下！」

我們兩個人像是要把自己的害羞蒙混過去一樣大聲地這麼說著。

＊

第六章
落得必須向心儀女孩的媽媽告白心意的下場

我——冬泉芽依是在紫条院家工作的傭人，今年二十三歲。

紫条院家是歷史悠久的名門望族，現任當家所在的本家，以及入贅到他們家的下一任當家時宗社長所處的長房住處都超級豪華。

因此在這裡工作的每個傭人與司機都必須家世清白，我也是因為父母長年在紫条院家服務的優勢而在短期大學畢業後就立刻獲得錄取。

這個家族的人沒有一般豪族身上常看到的壞心眼，經營大公司的時宗社長、名門千金的夫人以及獨生女春華大小姐都是好人。

因此身分上來說是紫条院家經營的家事服務公司員工的我，明明知道這樣有點跟不上時代，還是強烈地認為自己是這家人僱用的傭人。

（不過這個家族的每個人都有點奇怪呢……）

春華大小姐雖然擁有迷倒眾生的美貌與身材，卻有著粗神經的超級天然呆個性。她完全沒有發現自己的魅力，在沒有自覺的情況下不知道已經讓多少男孩子為之瘋狂，老實說這實在是罪孽深重。

而身為父親的時宗社長……具備符合社長身分的威嚴，不會用高高在上的態度對待我們這些傭人與司機，不過偶爾會爆發讓人忍俊不住……或者應該說不能讓他們公司員工看見的一幕。

至於夫人嘛——

「哈啊啊啊啊啊啊啊……！妳聽見剛才的話了嗎？他說『我全心全意想吃紫条院同學做的料理』耶！呀啊啊啊……！連那個春華都害羞了！」

正從客廳入口的門縫，非常興奮地偷窺著大小姐與她的客人——叫做新濱的男孩子。

老實說這實在不是出身名門望族的貴婦應該做的事情。

「夫人……再怎麼說偷窺都是不怎麼好的興趣……」

「我……我原本也沒有打算偷看喔！但是那個……只是想稍微觀察一下情況，就發現理想的青春正在發生，忍不住就……」

聽說夫人成長的紫条院本家跟這個長房不同，管教相當嚴格。

因此也沒辦法自由戀愛……夫人的學生時期似乎是在迷上熟識的傭人偷偷告訴她的少女漫畫中度過。

受到少女漫畫影響，對於似乎認為十幾歲少男少女的青春特別尊貴的夫人來說，完全沒有戀愛跡象的大小姐帶了男孩子回家……這應該是會讓她興奮不已的事態吧。

「我沒有打算妨礙女兒的青春喔。但是那個……是春華喔？那個說起來仍然很孩子氣的女孩子竟然說想招待男生來家裡做菜給他吃……這樣我當然會十分在意對方究竟是什麼樣的人吧！話說回來，冬泉小姐妳沒有興趣嗎？」

「這個嘛……我當然有興趣了。因為那可是春華大小姐帶來的男孩子啊。」

縱使我裝出冰冷的模樣，其實內心還是相當在意今天的「招待」。

應該說，所有聽見夫人偷偷告知「春華招待的是男孩子～」的傭人（附帶不准告訴時宗社長的工作指令）全都很在意今天的招待。

大小姐具備像從童話故事中走出來一般的楚楚動人容貌以及美麗的心腸……然後還有不知道是好還是壞的天然呆個性。明明已經是高中生了，卻沒有喜歡上什麼人的跡象。

但是某一天開始關於「好朋友」的話題突然變多了，幫忙試穿上參加校慶時的浴衣也露出少女的表情說著「看起來有漂亮一點嗎……」，這讓我驚訝到說不出話來。

（今天早上也說著「那個朋友一定會在約定好的時間前十五分鐘抵達，我不能比客人還晚到！」就出門了，穿的服裝也經過精挑細選吧，大小姐……啊啊，真是個可愛的女孩子。）

不只是家人，對於在這個家工作的所有人來說，大小姐就是惹人疼愛的公主。正因為這樣，我要是說對那個新濱小弟沒有興趣就是在說謊。

但這時候要是不小心妨礙到大小姐的話一切就白費了。

「總之……還是再等一下才跟那個叫新濱的男孩子詢問各種事情吧。因為現在是大小姐招待客人的時間。」

「好～……妳明明很年輕，心思卻很細膩呢。像妳這樣的年紀時，滿腦子戀愛的我就只想著當時的老公……」

「呵呵，您的稱讚讓我備感光榮。」

把迴盪在胸口的「我也想變成跟夫人一樣的戀愛腦但是沒有對象啊！請介紹個好男人給我吧！」話語吞了回去，臉上浮現出傭人專屬的燦爛笑容。

＊

「哦……哦哦哦哦哦哦哦哦哦哦哦哦哦……！」

在紫条院家飯桌上擴散開來的料理花田，讓我發出打從心底的讚嘆聲。

加了許多雞蛋與洋蔥的馬鈴薯沙拉、以糖醋滷得相當入味的竹筴魚南蠻漬、上面放著鯷魚以及起司等各式各樣食材的法國開胃麵包、淋上梅子醬的豬肉紫蘇捲、露出玫瑰色斷面的烤牛肉。

第六章

落得必須向心儀女孩的媽媽告白心意的下場

這確實讓人眼花撩亂，不要說是午餐了，根本像是派對會場所準備的料理。

「太厲害了……太厲害了，紫条院同學！哎呀，實在太厲害了！光是外表看起來就非常美味了……！」

「謝謝。沒想到能讓你感到如此興奮……其實我自己也覺得很成功！」

聽見我那字彙能力像是當機了一樣，只能不斷呼喊「太厲害了」的稱讚後，紫条院同學就脫下圍裙很害臊般做出回應。

不過確實很厲害。

每道菜都一眼就能看出煮得相當成功。即使跟一般家庭主婦相比，也算等級相當高的了。

「好了，那麼我也就座了……請享用吧！」

「嗯！我開動了……真好吃！」

紫条院同學做的菜果然就跟外表一樣相當美味。

馬鈴薯沙拉的馬鈴薯味道相當濃郁、竹筴魚南蠻漬的糖醋調配得恰到好處，不會讓人覺得膩。法國開胃麵包似乎也確實地做成容易入口的尺寸，緹魚、火腿、起司以及酪梨都很美味。

「這個豬肉紫蘇捲也因為梅子醬而吃起來非常爽口……真的很好吃……」

「能聽你這麼說真的很開心！那個……因為害怕沒什麼經驗的菜色會失敗，以至於大多是常見的家常菜……」

紫条院同學很不好意思般笑著。

確實這個豪華絢爛的客廳裡，排在看來貴到嚇人的桌子上的大多是庶民料理，不過我完全不在意這種事情。

紫条院同學能夠像這樣把家常菜煮得如此美味的強大賢慧力量，反而讓身為男性的我再次感受到她的魅力。

「話說回來，虧妳能做出這麼多很花時間的料理……」

品嘗越多味道，我內心的幸福感就越是膨脹。

我自己也會做菜所以知道，排在桌上的很多都是得花不少時間的複雜料理。

想要製作馬鈴薯沙拉得先用水煮過馬鈴薯然後剝皮，再用力把它們壓碎，接著跟切絲的洋蔥與水煮蛋攪拌在一起……這些都是很辛苦的程序。

就為了招待我……製作了這麼多道麻煩的料理……

「謝謝……老實說真的太好吃太開心……我都快流眼淚了。」

不論是前世還是這輩子，除了媽媽之外還是第一次有人為了我如此盡心盡力地製作料理。他人為了自己辛苦製作這個事實……變成了最主要的調味料，讓增幅的感動擴散到整個胸口。

「能聽到你如此的形容……我也感到非常幸福。因為我就是懷抱著希望新濱同學能喜歡的心情來準備這些料理。」

或許是又羞又喜的心情所致吧，紫条院同學紅著臉頰露出了微笑。

「不過新濱同學。請別忘了喔？」

「咦？」

「就像現在新濱同學嘗了我的料理所感受到的那樣……你應該知道我受到那些讀書會的幫助有多麼高興了吧。」

紫条院同學像要表現內心純粹的想法般笑得更燦爛了。

「你為了我而盡心盡力究竟在我內心造成了多麼大的迴響……我希望藉由這些料理傳達給你知道。」

（啊啊真是的，又說了那麼可愛的話……）

因為這是為了報答你讓我擁有如此高興的心情——能夠在這裡說出這樣的話，讓我再次覺得她真的是坦率又優秀的女孩子。

「嗯，我不會忘記……完全傳達給我了。」

確實收到妳感謝的心意了，我帶著這樣的想法做出回應。

接著在美味的推波助瀾下，沒花多少時間便把幾盤菜吃光的我，把最後剩下來的烤牛肉也吃了個精光。牛肉在恰到好處的火侯之下斷面呈現美麗玫瑰色，棕醬也相當完美。

（呼，全部吃完了，真的很美味……）

呵呵，話說回來……香奈子當時說了「但是餐會真的沒問題嗎，老哥？漫畫的話大小姐做的菜都很難吃喲」，看來只是杞人憂天。

實際品嘗之後一點都不難吃，甚至極為美味呢。

嗯，現實世界應該不太會出現那麼老套的哏——

（嗯……？）

受到料理感動至今為止都沒注意到，放在紫条院同學那一邊盤子上的料理，分量怎麼特別少。就以馬鈴薯沙拉來說好了，我的有一整盤紫条院同學卻只在小碟子上裝了一點點。

咦？感覺她的食量應該沒那麼小……？

就在這個時候，鄰接餐廳的廚房傳出電子聲，告知某種計時器時間已經到了。

「啊，剛好烤箱裡的東西好像烤好了，我去把接下來的料理拿過來吧。」

「咦……『接下來的』？」

留下感到困惑的我，紫条院同學的身影消失在廚房裡。

「失禮了。」

「哦哇！」

附近突然傳出陌生的聲音，讓我忍不住發出微小的悲鳴聲。

急忙往聲音的方向看去，結果看見那裡站著一名二十歲出頭，身上穿著圍裙的沉著女性。

第六章
落得必須向心儀女孩的媽媽告白心意的下場

看得見額頭的短直髮相當適合她，站姿給人清純且凜然的感覺。

「我是傭人冬泉。新濱少爺，我先把空盤撤下去了。」

「啊，好的……謝謝……」

不理會含糊以對的我，名為冬泉的傭人就把大量的盤子放到手臂上，然後一口氣把它們抱起來。就是餐廳裡偶爾能看到熟練的服務生所做的那種動作。

「還有……我想新濱少爺應該也知道，春華大小姐是天真且相當認真的人……一旦開始進行就會徹頭徹尾地完成。」

「什麼……？」

「隨時都可以投降，所以請盡可能努力看看吧。」

留下這句意有所指的發言後，冬泉小姐就抱著餐盤離開了。

怎……怎麼了？那是什麼意思？

「久等了！下一道菜！」

「咦？」

與冬泉小姐交替進入餐廳的紫条院同學，手上推著上菜用的推車。

然後推車上面——放著分量跟剛才相同甚至是更多的料理。

咦，等等……剛剛才吃完相當豐盛的餐點而已耶……

不理會我的困惑，紫条院同學再次於桌上擴散出料理花田。

加了馬鈴薯與雞肉的熱騰騰焗烤起司、將茄子、洋蔥、紅蘿蔔等大量蔬菜煮透的普羅旺斯燉菜、香料散發出蠱惑香氣的唐多里烤雞、色澤美麗的西式醋漬烏賊與蝦子、滷得相當入味的漢堡排。

出乎意料之外的第二波豪華午餐登場了。

「那……那個……我還以為剛才的料理已經是全部了……」

「嗯，我一開始也覺得那些料理已經夠了……但是在網路上看到『女高中生的食量跟男高中生根本沒得比』『每餐可以輕鬆吃下五六碗大碗公』的訊息！因此為了一定要讓你吃飽，我就做了許多道菜！」

等等，這應該……！

雖然說不上是錯誤，但指的應該是全力投入運動社團的人……！

「當然量太多的話剩下來也沒關係，請盡量吃吧！」

雖說紫条院同學以極像天使的笑容輕鬆地這麼說著，但對我來說那是相當困難的事。

因為這可是紫条院同學親手做的料理。

比任何東西都貴重且讓人感動，對我來說已經算是奇蹟般的恩惠。

我內心屬於魯直男孩子的部分絕不允許我沒把它們吃完。

（肚子已經有點飽了而且明顯超過胃部的可容納量……但我現在是人生中以食慾最為強大的肉體為傲的十六歲！何況料理看起來很美味，這些的話應該能吃得完才對！）

「再次謝謝妳為我準備了這麼多道菜……！馬上來嘗嘗看吧！」

就算肚子撐破了也絕不會剩下，我就帶著這樣的決心開始對排在眼前的食物展開突擊。

＊

先說結論的話，就是我全吃完了。

要問我量多不多的話，那當然是很多。

紫条院同學對於這次午餐會所下的心思就直接反映在分量上。

但就算是這樣，我還是持續動著叉子與湯匙，把意中人親手做的料理不斷送進自己的胃裡。

結果就是——現在我的眼前只排著吃得一乾二淨的盤子。

「嗝……嗝噗……好……好難受……肚子就像是硬塞的行李箱一樣已經快要爆炸了……」

現在想起來，只要說一句「抱歉，實在是吃不下了」，就能在沒有任何人受傷的情況下解決事情，為什麼我要執著於把所有食物淨空呢？

第六章

落得必須向心儀女孩的媽媽告白心意的下場

答案就是，我實在沒辦法對為了我下廚做菜的少女說出那句話。

看來現在的我，內心世界是比自己想像中更加純情的男高中生版本。

「嗚噗……嗯，太好吃了……真是太棒了，紫条院同學。」

「呵呵，你太客氣了。原本以為準備太多了，你能夠全部吃完我真的很開心！」

「哈哈，這麼一點食物不成問題……」

實際上已經滿身大汗而且動彈不得，但我還是隱瞞狀況強行露出笑容。順帶一提，這時真的已經瀕臨再塞一顆豆子進到肚子就撐不住了的極限。

「男孩子的食慾果然很強大……現在想起爸爸曾經說過『年輕時不論有多少炸雞塊都能吃下去』。不過最近變得不太能吃油膩的東西，他似乎覺得很難過……」

嗯，我非常能夠了解那種悲傷的心情。

現在我之所以能夠只是處於「肚子圓鼓鼓」的程度，完全是因為有高中生的身體，如果是以三十歲的殘破身軀做同樣的事情，甚至有可能得送醫急救。

（當在燒肉店光吃一盤牛背肉，油脂的容許範圍就到達極限時，就感覺年紀大了而悲傷不已……然後慢慢變得喜歡味道較淡的和食……）

與紫条院同學的父親有了深切同感的我，腦袋突然浮現些許不安。

「說到父親……妳跟雙親提到要邀請我到家裡來時沒有遭到反對嗎？剛才跟伯母說話時似

乎沒有這種感覺……」

「咦？沒有，他們完全沒有反對喔。我說想招待這次考試幫了我很多忙的朋友，兩個人立刻就點頭答應了。」

「這……這樣啊。那真是太好了。」

女兒帶男生來家裡，做父親的可能不會有太好的臉色……原本是這麼認為，看來是我想太多了。

原本想像大公司的社長是非常嚴格且態度強硬的人……結果是寬容且很有度量的父親呢。

「那麼，碗盤都收拾乾淨了，我去把甜點拿過來！」

（咦！）

啊……啊啊啊啊啊啊啊！對……對喔……！

紫条院同學不是說過「親手做午飯與點心給你嘗嘗！」嗎！那當然還有點心了！

（不……不行……以這個身體的消化能力，經過一個小時應該就能吃下點心了，但現在實在沒辦法……！）

可惡，沒辦法了。這時候還是老實地說出肚子的狀況——

「呵呵，不用那麼急吧，春華？」

「媽……媽媽？」

第六章

落得必須向心儀女孩的媽媽告白心意的下場

回過神來才發現，紫条院同學的母親秋子女士就站在旁邊。

不過兩人並排在一起時，看起來果然比較像姊妹而不是母女……

「我明明是很正常地打開門走進來，也不用這麼驚訝吧……呵呵，你們兩個人似乎很專心在聊天呢。」

秋子女士像在調侃我們一樣輕笑了起來。

「新濱小弟吃得很飽了，在甜點之前稍微讓胃部休息一下吧。這樣新濱小弟嘗起甜點也會覺得更美味對吧？」

「咦？呃……嗯……是啊。稍微休息一下才能增進食慾。」

雖然對方突然說出看透我肚子容量般的發言讓我嚇了一跳，但我立刻順水推舟，開口這麼回答。

「對吧？那就決定稍微休息一下……春華到廚房去幫忙洗碗盤吧。這段期間暫時把新濱小弟借給我♪」

「咦咦？為……為什麼媽媽要借走新濱同學？」

「因為妳很少招待朋友到家裡來，當然會想稍微跟他聊聊啊。何況也有點事情想問他～」

「咦？想問的事情……嗎？」

紫条院同學歪起脖子，連我也感到在意。

到底想問我什麼事情……？

「呵呵呵，那當然是很重要的事情嘍。妳別管那麼多了，照媽媽說的話到廚房去吧。」

「好……好的……那麼不好意思喔，新濱同學。我稍微離開一下。」

紫条院同學看起來像是無法接受，但還是無法無視母親的指示，於是拿著碗盤消失在廚房裡。

接著秋子女士就瞬間拉了一把椅子坐到我的正面。

「那麼，再次自我介紹。我是春華的媽媽秋子！哎呀，真的很想跟新濱小弟說說話！因為對於你是什麼樣的男生一直相當有興趣！」

「這……這樣啊……」

紫条院同學的媽媽不知道為什麼相當興奮。

總覺得……她似乎感到很有趣？

「那麼新濱小弟。那個孩子的料理如何呢～？」

「那……當然是很美味了。老實說水準比想像中高出許多，讓我嚇了一大跳。」

「這樣啊，那太好了！那個孩子這次真的經過許多練習，努力地做出那些料理，能聽你這麼說應該會很高興喔！」

秋子女士很滿足般微笑著。

第六章

落得必須向心儀女孩的媽媽告白心意的下場

她溫柔的用詞遣字確實符合紫条院同學母親的身分，同時也強烈傳達出對於自己女兒的愛情。而且完全感覺不到豪門經常散發出來的傲慢，讓人感覺很舒服。

「不過料理的分量多到嚇人對吧？沒有啦，我跟其他傭人都有告訴她這樣實在太多了……但她卻表示『所謂得其大者可以兼其小！分量太多的話剩下來也沒關係，但不夠的話就會讓人失望了』，然後完全不聽我們的勸告……結果就變成那樣的滿漢全席了。」

原……原來如此……紫条院同學完全發揮其一板一眼的個性嗎……

「她說的雖然也有道理，不過那孩子似乎還無法理解男孩子無法說量太多實在吃不下了的心理。」

「嗚……」

果然是人生經驗豐富，似乎完全看透我是勉強自己把料理吃光。

「結果你還是全部吃完了。雖然這樣有點壞心眼……不過還是想聽你親口說出為什麼要勉強自己呢？」

「那是因為……那個……」

面對眼睛閃閃發光並且如此問道的秋子女士，我開始吞吞吐吐起來。

不過最後其實還是只有一個理由。

「因為是春華同學做的料理……所以稍微逞強也想把它們全部吃完。」

「呼哇啊啊啊啊啊……！就……就是這樣！太好了太好了！我最喜歡這種純情男孩子的逞強了！」

跟紅著臉如此宣告的我相反，秋子女士非常地興奮。

看來我的回答讓她覺得很滿意……只不過反應實在太誇張了。

「呼，那麼……稍微說一下正經的事情，你在功課還有其他許多事情上似乎都幫了春華很多忙，我身為她的母親非常感謝你。」

秋子女士讓興奮的態度冷靜下來後，以嚴肅的表情這麼說道。

「那都是一些小事……」

「不是什麼小事喔。那個孩子從小因為各種因素，人際關係雖然廣但都沒有深交。即使有一些可以聊天的女生朋友，但至今為止都沒聽過有如此為她著想的孩子。所以有你這個在各方面都相當照顧她的存在實在令人很感謝。」

「春華同學的各種因素……是太過美麗加上那種天真的性格，讓她受到一部分的女孩子嚴重的嫉妒嗎？」

「沒錯，就是這樣……！那種可愛的容貌加上粗神經的性格，經常被同性說是裝可愛或者愛耍小聰明並且受到嫉妒！真的很過分！」

關於這一點我也有相同的意見。

嫉妒紫条院同學並且找她麻煩的那些傢伙，全都是些心靈貧乏的傢伙。

「而且對於自己是美女的自覺嚴重不足……受到周圍的嫉妒也很容易認為是自己的性格或者言行有問題，是那種因為認真的個性而鑽牛角尖的類型。」

「嗯，正是如此！那個孩子只認為原因出在自己身上也是個問題……話說回來，你沉著的態度實在不像個高中生呢。好像很久以前就是大人了。」

抱歉，不要說是成人了，我本來其實有三十年份的人生經驗。

嗯……思考型態雖然仍受社畜時期很深的影響，不過在年輕肉體的牽引下，精神狀態相當接近純情的十六歲。

「呵呵，不過……竟然了解到這種地步，你果然一直關注著春華呢。」

「那個，嗯……最近聊天的機會確實變多了。」

現在回想起來，跟紫条院同學的距離真的變近了……

跟前世不同，得知了她的各種情報，而且到現在還不敢相信能像這樣被招待到她家，還跟她的母親談話。

「然後那個……有一件無論如何都想先確定的事情。由我開門見山地詢問實在有點不好意思……」

秋子女士不知為何忸怩忸怩地欲言又止。

這正是她剛才所說的「想問的事情」吧……

是……是什麼？到底想問什麼事？

「你……那個，是以異性的角度喜歡著那個女孩子吧？」

「噗呼哦！」

等等，喂！這個人在問什麼啊！

而且提問後還自己羞紅了臉！

這種純潔的地方就跟女兒一模一樣嘛！

「那個……怎麼樣呢？如果你對她只有單純的友情，雖然很可惜還是希望你能老實告訴我。」

「沒有，那個——」

我當然了解這不是能說謊的場面。

但是……還沒跟紫条院同學告白就先跟她媽媽表明心意，這到底是什麼特殊Play？

「我……喜歡她。喜歡她的心情已經膨脹到連我自己都嚇一跳了。」

「哇啊……！哇啊啊啊啊啊啊啊……！果……果然是這樣嗎！」

我壓抑害羞的心情說出老實話後，秋子女士的臉就發出強烈的光芒。

嗚哇啊，連眼睛都閃閃發亮了。

「哎呀，這種直率的青春真是太棒了……！我想也是……竟然那麼地喜歡春華……哇啊啊……」

秋子女士露出了恍惚的表情，我的羞恥心也隨著她如此的喜悅而加重，自己也知道臉頰越來越紅了。

「啊……！現在才發現，仔細一想身為母親的我因為問出喜不喜歡女兒而興奮不已，這好像是什麼扭曲的興趣，真是太不好意思了……！」

「請早一點發現好嗎！害羞的人應該是我吧！」

真不愧是紫条院同學的媽媽，這個人果然也是天然呆嗎！

「我想也是。你的臉紅到有點可憐了……不過身為那個孩子的母親，我必須先問出新濱小弟的心意！不然的話，等遇到風浪的時候就不知道該用何種形式來幫忙了！」

「啥……？風浪……？」

秋子女士雙手握拳熱切地這麼表示，她所說的可疑發言讓我不停眨著眼睛。

那……那是什麼意思？聽起來就好像確定不久後的將來我的戀情將會遭遇什麼巨大的試煉一樣……？

「我很歡迎像你這麼穩重的孩子追求春華喔！只要不讓那個孩子傷心難過，我都願意為你加油！」

「咦……！」

沒有想到能獲得心儀對象的母親贊同，我不由得瞪大了雙眼。

說不定像我這樣的庶民，在有錢人家裡不會得到歡迎……內心曾經稍微這麼想過，現在能得到這樣的鼓勵真是太感謝了。

「謝……謝謝您。不過，那個……請伯母您不要透露太多我對她的心意……這樣我會害羞到死。」

「呵呵呵，抱歉。啊，不然就讓你跟那個孩子在她房裡獨處當成賠罪吧？」

「咦！等……等等，那樣實在……！」

「呵呵，有點動搖了嗎～」

看見紅著臉露出驚慌模樣的我，秋子女士就以紫条院同學變成熟後的臉露出天真無邪的笑容。

＊

「媽媽，碗盤都洗好了……你們兩個人都在聊些什麼？」

或許是覺得被秋子女士玩弄於掌心而感到疲憊的我有點奇怪吧，從廚房回來的紫条院同學邊脫下圍裙邊以感到不可思議的表情這麼詢問。

「那當然是關於妳的料理的事情啊。新濱小弟說真的很好吃。」

「這……這樣啊！呵呵，不論被稱讚幾次都讓人很開心！」

紫条院同學馬上就相信秋子女士的話，臉上綻放出笑容。

雖然一直是這樣，不過真的很老實。太可愛了。

「那既然兩位都到齊了，我想提出下一個問題……你們兩個人是如何變熟的呢？好像是同班同學，不過有沒有什麼契機呢？」

「嗚咿？」

等等，突然提這是什麼問題？

而且表情變得比剛剛還要興致勃勃了！

「啊，那是因為圖書委員！兩個人一起工作時，我問他輕小說的事情就是契機……啊，不過變成這麼有話聊是又過了一陣子之後的事情。」

「原來如此，圖書委員嗎！哎呀？話說回來，春華……妳說因為圖書委員的工作拖太久才會晚回家那天，當時送妳回到家門口的也是新濱小弟嗎？」

「是的，正是如此！那個時候發生了一點事情……」

「哦哦，是什麼樣的事情呢？」

「那個，跟新濱同學一起完成圖書委員的工作後——」

在被秋子小姐誘導的情況下，紫条院同學很開心般說出那一天發生的事。

一般來說，在學校跟異性發生的事情很難對父母啟齒，但紫条院同學說話的口氣甚至有些興奮。

「然後叫做花山的女生就朝我逼近——新濱同學就說著『妳剛才想抓住紫条院同學吧？別幹這種事好嗎』來保護我！」

等等，Stop！紫条院同學Stop！

連這種事情都跟伯母說的話實在太不好意思了……！

「哦哦哦哦哦，然後呢？之後怎麼樣了？」

可惡，秋子女士竟然也眼睛閃閃發亮地追問下去！

「花山同學走掉之後，新濱同學就送後來心情變得不好的我回家……」

「嗚哇啊啊啊啊啊……！很不錯嘛！那樣真的很不錯！在我不知道的地方發展出那種像是少女漫畫的情節嗎！」

沒有啦，那個……抱歉。

關於這件事情，聽起來雖然像是我跟少女漫畫裡的英雄一樣以帥氣台詞擊退了花山，實際上用的是要爆料她進行援助交際這種露骨的威脅……

第六章
落得必須向心儀女孩的媽媽告白心意的下場

「然後呢！回家路上新濱同學一直鼓勵我，嚴肅地跟我說不要認為原因出在自己身上。於是我的心情就輕鬆多了……」

所以說紫条院同學從剛才開始就對我稱讚過頭了！在她母親面前被如此稱讚，我的臉差不多快要燒成灰燼了！

應該說，她是如此正面地看待那個時候的那些話嗎！真的很高興！不過對伯母爆料讓我快要羞死了！

「呼——……比想像中更加甜蜜的情節讓媽媽覺得好飽喔……年輕真是太棒了……」

簡直就像吃完整套宴席料理一樣，秋子女士以非常滿足且感激不盡的樣子說道。對於我來說，在紫条院同學面前說的害羞台詞遭到爆料也讓我快要羞死了，但秋子女士似乎非常喜歡像這樣的情節。

「不過新濱小弟真的是個好孩子。真希望他能夠變成兒子。」

「呼啊！」

到……到底在說什麼啊！應該說那種帶有深意的驕傲表情是怎麼回事？

難道是要表示「能輕描淡寫地助攻的我是能幹的媽媽對吧？」。

「咦，新濱同學到紫条院家來？那個時候……我應該稱呼他為哥哥嗎？」

「咕噗……！」

這……這偷襲太狠了……！

雖然思緒完全往牛頭不對馬嘴的方向前進，但突然的「哥哥」稱呼實在對心臟不好……！

「真是的，在這時候朝那個方向發展，確實是符合春華個性的天然呆搞笑。」

「？」

看見秋子女士苦笑的模樣，紫条院同學就歪起脖子。

看來這名少女的天然呆也是經過父母親的認定。

「啊，還有新濱小弟……我的丈夫是入贅到紫条院家的，所以我們家不在乎什麼血統之類的喔。」

雖然確實是延續了剛才的話題，但現在是說這個的時候嗎？

雖然對於將來是非常有用的情報就是了！

正當我們像這樣被秋子女士詢問各種事情的時候——

「嘿，我回來嘍！」

玄關的門突然傳出巨大的開門聲，接著就是成熟男性的聲音傳到客廳裡。

第七章
社長VS社畜

「哎呀……大風浪怎麼這麼早就回來了……」

從玄關傳過來的男性聲音，讓坐在我附近的秋子女士露出困擾的表情並且這麼呢喃。

咦……那種反應是什麼意思？大風浪到底是……

「哦，這雙陌生的鞋子……雖然是有點男孩子氣的球鞋，不過是春華的朋友嗎！哈哈，看來我是趕上了，真是太好了！我也想親口向對方道謝！」

男性像是在玄關看到我的鞋子，接著就發出感覺心情很好的聲音。

然後在走廊上快步行走的腳步聲接近——立刻就有一名五十歲左右的男性打開客廳的門走了進來。

那名穿著西裝的男人有著健壯的體型，嘴上蓄著很適合他的鬍鬚，整體醞釀出相當具有魄力的氣氛。

「啊，爸爸歡迎回來！」

「哦哦，春華、秋子，我回來了！工作比預定還早結束！」

（這個人果然就是紫条院同學的爸爸……是以一己之力建立起全國連鎖的「千秋樂書店」聞名的紫条院時宗先生嗎……）

由於在報紙與雜誌上出現過許多次，所以上輩子就知道他的名字了。

以卓越的經營手腕從一無所有發跡，雖是靠著迎娶名門大小姐——也就是秋子女士——這種戲劇性的成功故事而成名，但之後也發揮優秀的才能重建紫条院家的財務，在財界也受到相當高的評價。

（雖說在心儀的女孩家跟她的父親碰面確實令人緊張……不過打聲招呼應該不是什麼大不了的事吧。）

說起來紫条院同學也說過她的父母答應我今天的來訪了。

這樣的話，對方應該早就知道我的存在，所以不會引起什麼麻煩才對吧。雖然身居社長這樣的職位，不過他看起來是跟家人相處相當融洽而且很溫和的人。

「好了，那麼得馬上跟幫忙春華猛烈提升成績的孩子打聲招呼才……行……？」

時宗先生不知道為什麼凝視著我僵在現場。

……咦？怎麼了？這是怎麼回事？

「你……」

你？

第七章

社長VS社畜

「你這傢伙是誰啊啊啊啊啊啊啊！」

咦咦咦咦咦咦咦咦咦咦咦咦咦咦咦咦咦咦咦咦？

等等，咦？他不是答應過讓我來家裡了嗎？

他剛才不也說自己得向女兒的朋友打招呼才行嗎！

「咦？咦？爸爸你在說什麼啊？不是說過今天要招待指導我功課的朋友來家裡玩了嗎！」

「我才想問妳在說什麼！妳說的朋友……怎麼看都是男的吧！」

「是的，是男生的朋友沒錯……那又怎麼了嗎？」

「妳……妳說什麼——————！」

這……這個狀況難道是……

「呵呵呵，抱歉喔新濱小弟。我們家有點事情要討論，要讓你自己一個人在這裡稍等一下了。」

「咦，啊，好的。」

秋子女士從位子上站起來，說著「好了好了要開迷你家庭會議嘍～」並把受到衝擊的時宗先生與搞不清楚哪裡不對的紫条院同學用力推往其他房間。

就這樣，我自己一個人被孤零零地留在客廳——

「……！……？」

「……？…………！」

（嗚哇……好像在爭吵耶……）

雖然聽不見紫条院同學他們進入的房間有什麼聲音，但可以感覺到正在舉行某種熱切會議的氣息。

從剛才紫条院爸爸的樣子看起來，女兒的朋友是異性似乎給他造成不小的衝擊。

然後……現在一家人絕對就是因為這件事情而起了紛爭，所以我當然也靜不下來。

（竟然連女兒表示要帶男生回家也欣然答應，原本以為真是個心胸寬大的父親……原來是認為來者是女孩子嗎——！）

依然坐在高級椅子上的我抱起頭來。

好……好尷尬……！這段時間我真是如坐針氈……！

「新濱少爺，我幫您拿新的茶過來了。」

「咦？謝……謝謝……」

不知道什麼時候已經站在身邊的年輕傭人——記得名字應該是冬泉小姐——把裝滿冒著熱氣紅茶的杯子放在我的眼前。

「先代替夫人向您道歉……非常對不起，新濱少爺。」

「咦？為什麼要道歉？」

應該是傭人的冬泉小姐，簡直就像在貴族家中服務的管家一樣，非常有禮貌地低下頭來。

看來並不只是形式上，而是打從內心感到抱歉。

「老爺今天的回家時間原本應該更晚一點才對。本來的預定是新濱少爺的招待會在那之前就會結束……」

「那個……只有伯父不知道身為男生的我要來這裡嗎？」

「是的。雖然非常難以啟齒……不過老爺對於春華大小姐周圍有男性存在會出現敏感反應是早就知道的事情……」

也就是對我完全沒有好感的意思嗎！

唔唔唔，雖然還想再跟紫条院同學相處一陣子，不過事情變成這樣的話也沒辦法了。

嗯，我當然能夠理解做父親的複雜心情，今天就跟她的雙親打聲招呼然後就離開比較好吧……？

當我像這樣思考了一陣子後——

才突然覺得變安靜了，紫条院家的眾人所進入的房間就喀恰一聲打開門，感覺三個人來到了走廊上。看來是發生過一陣爭吵，不過對伯父的說明應該已經結束了。

「……春華啊，我知道是怎麼回事了。既然妳都這麼說了，我也開始想跟那個少年好好地聊一聊了。」

……什麼？

那個……好像聽見某種非常令人不安的發言……

「把他借給我一下！就由我紫条院時宗來確認他是不是有資格成為足以讓妳招待到家裡的男人！」

等……咦咦咦咦咦咦咦咦咦咦咦咦！

＊

事情為什麼會變成這樣？

這時候我的內心只充滿著這一句話。

因為這個時候的我正在紫条院家的書房裡，跟紫条院同學的父親時宗先生隔著桌子面對面而坐。

（可惡……胃突然開始痛起來了……！單獨跟把我當成害蟲一樣的伯父面對面，這是什麼樣的拷問啊啊啊啊啊啊……！）

「你是新濱吧。抱歉讓你在休息的時候被這樣的大叔叫過來這裡。」

「不……不會……」

那種沉穩的表情與口氣反而令人恐懼。

「那麼從自我介紹開始吧。我是紫条院時宗——春華的父親。你或許已經知道，目前是千秋樂書店這間公司的社長。」

「……我是春華的同班同學新濱心一郎。在今天見面之前我就知曉……知道時宗先生了。您是憑一己之力建立起連鎖書店的知名人士。」

「哦，這樣啊。能夠讓像你這樣的年輕人也認識我真是太光榮了。那麼，關於我想說的事情是——」

我咕嘟一聲吞了一大口口水。

好恐怖……連一秒都不想繼續待在這裡了……

「首先要以父親的身分向你道謝。」

「咦……？」

「這次春華的成績有了長足的進步，主要的原因明顯是因為你幫忙指導她的功課。就算是家教，要有這樣的成果也絕不是簡單的事情，所以身為父親，想對你的手腕與盡力表達深深的謝意。」

「不……不會……這不是什麼大不了的事……」

出乎意料的是，時宗先生竟然認真地向我表達謝意。

看來他是真的很感謝我擔任紫条院同學功課上的小老師。

「而且也沒有鬆懈自己的功課，拿下了學年的第一名……看來你相當努力。應該是很想玩的年紀，虧你能如此拚命呢。」

「沒有啦，因為我們家是單親家庭……而我又比較容易擔心，所以不先做好現在能辦得到的事情，就會對將來感到不安。」

「很棒的上進心。像這種正向的擔心是很重要的事情。」

時宗先生可以說把我誇上了天。

原本以為他會做出各種尖銳的發言……難道是我想太多了嗎？

「然後呢——」

「————！」

空氣為之一變。

理智且沉穩的紳士，開始散發出壓倒他人的氣息。

（這種感覺……！好久沒有嘗過了……！）

社畜時代也曾經有幾次目擊過強者的壓迫感。

大企業的社長與重要政治人物散發的壓力。

每天在政界與商場上勾心鬥角的他們具備彷彿戰國武將般的魄力，凡人光是跟他們相對心

臟就會像被揪住一樣。

「你只是春華的普通朋友吧？」

「這個嘛……」

「對我的女兒沒有任何邪念吧？只是出於純粹的善意才會幫助春華，沒有任何戀愛感情存在……是這樣對吧？」

時宗先生望著我的眼睛。

在魑魅魍魎肆虐的世界功成名就的英雄人物，直接把強大到可以說是傲慢的自負壓在我身上。

（嘴裡說的明明只是過度保護的父親的護女台詞……稍微改變一點聲音與視線就變成這樣了嗎……！可惡，汗流個不停！）

在交涉或面試時，視線是極其重要的要素。

因為眼睛將會表達出一切。

像是那個人嘗過的辛酸、無盡的後悔、經歷考驗後獲得的膽量以及沒有任何人可以比擬的霸氣。

四目相對這種行為，就等於比較雙方累積了多少像這樣身為一個人類的強度——弱者當然會被轟飛。

（沒辦法承受這種壓力就沒有資格靠近他女兒嗎……！雖然可以了解這個人對女兒的愛有多深，不過大公司的社長這麼做實在太不成熟了吧！）

此時內心充滿立刻把眼睛移開的衝動，但這麼做的瞬間一切就結束了。

移開視線而承認精神上的敗北的話，之後就根本無法上戰場……我將淪為只能聽對方的話而害怕不已的存在。

「怎麼樣呢？回答我吧，新濱小弟。」

想變輕鬆的話，只要說謊就可以了。

只要說我對他的女兒沒有一絲遐想，時宗先生應該就會立刻消除壓迫感並露出笑容了吧。

（哪能這麼做啊……！就算死也不能在這時候把事情混過去！）

就算是過度保護的寵女腦，身為女兒父親的時宗先生還是很嚴肅的。

他正強迫著我展現自己的心意。

（不能說謊或者找藉口搪塞！必須以我百分之百的真心話來回答……！）

我的身體依然處於僵硬狀態。

活在商界的英傑放射出的壓迫感讓我全身發抖。

汗水從全身噴出，胃控訴著像被扭動般的疼痛。

但是——

也就只有這樣。

只是艱辛又痛苦的話我就還能忍耐。

我像是要壓碎拇指般用左右手的其他四根手指握緊拇指。

這是我從社畜時期就開始的儀式。

面對期限將至的大量工作、無可讓步的交涉現場、提出極無理要求的客戶——

與這些無可退讓的案件相對時，這就是我切換心情的開關。

＊

我——紫条院時宗目前正在自宅的書房與名為新濱心一郎的少年相對，同時把「你對我女兒有何想法」的問題推到他面前。

（好了，新濱小弟，你會怎麼做呢？）

他雖然是春華帶來的「朋友」，但真面目明顯是飢餓的狼，正舔著舌頭把我的女兒當成目標。

（可惡的傢伙……）

我很感謝他指導女兒的功課，而且成果也應該獲得極大的評價。

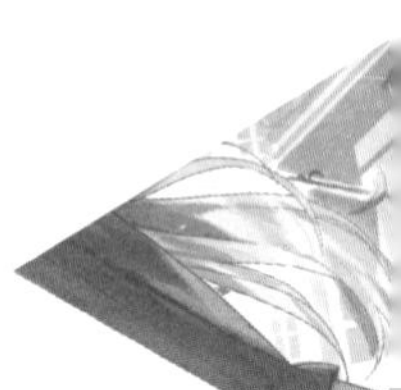

但是那個跟這個是兩碼子事。

（春華的外表是能吸引男人的天使，同時也太不食人間煙火而且太純真了。靠近她的男人都必須經過我徹底的挑選才行……！）

而且——我承認自己稍微忍不住洩漏出身為父親的感情，但就算扣除這一點，這也是必須做的事情。

春華是紫条院家嫡傳的女兒，同時也是現任當家的孫女兼下任當家的我的女兒。光是一介高中生淡淡的愛意，終究會因為無法超越的身分藩籬而破滅。

所以這是來自於我的洗禮。

我在告訴他，「你心儀的少女不是能以輕鬆的心情談戀愛的存在」這個現實。

（好了，很痛苦吧新濱小弟？快點舉白旗投降吧。）

面對解放社長壓迫感的我，新濱少年從全身噴出汗水，整個人受到沉重的壓力支配。

也難怪他會這樣。我是用一路培育出來的身為社長的膽量對他施壓。

雖然已經手下留情，但這樣的壓力可是足以讓熟悉交涉的強韌上班族冷汗流到連內褲都溼透。一般高中生絕對無法承受。

「那麼，雖然你一直保持沉默……不過也差不多該回答了吧？」

就算他在此輸給我的壓力而否定對於春華的戀愛感情，我也不打算阻止他今後跟春華做朋友。

但今天就必須讓他自覺自己的覺悟不足，同時讓他帶著對自己心意說謊的自責回家並因此而苦悶不已。

如果就這樣放棄這份感情，那就表示他的程度不過如此，但如果之後愛意更為強烈且培養出不屈服的氣概，那就可能還有跟我再次見面的機會。

（嗯，區區高中生不可能有這種岩漿般灼熱的愛意，以及鋼鐵般堅毅的心……嗯？）

怎麼了？新濱少年用力握緊自己的手指……？

（唔……？是他自己的例行性動作嗎？）

所謂的例行性動作，就是在集中精神或者切換意識時所進行的固定動作。

雖是相當簡單的心理控制，但許多一流的運動選手與著名的企業家都會這麼做。

原本應該不知如何回答的新濱小弟，沒有移開眼睛一直承受著我的視線。

（怎麼回事？新濱小弟的氣氛……）

畏懼從他的表情上消失，逐漸帶著堅毅的意志。

「我來回答時宗先生的問題。」

新濱小弟順利張開嘴巴。

他的發言具備堅強的力量。

「我喜歡您的女兒——春華同學。我以這份感情不會輸給任何人而自豪。」

（什麼……！）

說出口了。

面對大企業的社長，同時是紫条院家下任當家的紫条院時宗，竟然正面宣告希望追求我的女兒。

還是在這種充滿壓迫感的空氣之中……！

（怎……怎麼可能……！一介高中生竟然沒有屈服於我的壓力——還正面把答案對著我丟過來！）

確實偶爾會有那種極為輕浮且生來與緊張感無緣的人。

這種人的話無論是什麼人散發出多麼強烈的壓迫感都沒什麼效果。

（但這跟那種情況不同……壓迫感確實對這個少年發揮效果了。明明感受到五臟六腑被絞住般的沉重壓力，還能打從正面承受下來嗎！）

這時我突然發現了。

在他眼睛深處的東西。

有句俗話說人的眼睛會說話……以我作為一名企業家與許多人互相刺探對方想法的經驗，我認為人的眼睛不只會透露當時的感情，也會映照出該名人物的精神背景。

然後我感覺從他的眼裡看到了深切的苦惱與悲痛。

也看到刻劃在心上面的無數傷口，以及因為這些辛酸的疼痛而變得強韌的心。

（這到底是怎麼回事……為什麼會從活不到二十年的高中生身上感覺到這種景象？）

外表只是到處都看得到的普通少年。

但實際上這樣的他正一步也不退讓地像要跟我互搏般面對著我。

（這個少年到底是何方神聖……？）

＊

時宗先生瞪大眼睛露出驚愕的表情。

嗯，也難怪他會如此驚訝。

一般來說，高中生是沒辦法在如此沉重的壓迫感當中光明正大的表示喜歡他的女兒。

（很好……可以確實地發出聲音……！）

之所以能單獨跟大企業的社長對峙仍不輸給沉重的壓力，當然是因為擁有社畜時期的可恨經驗。

我就職的公司裡，那群上司經常抓著我進行什麼「說教」與「指導」。而且與我是否在工

第七章
社長VS社畜

作上有所疏失無關，完全是看他們的心情來決定。

「你這傢伙太沒用了吧，又笨又遲鈍為什麼還活著啊？」

「別裝出一副很痛苦的樣子啦，垃圾。明明沒做什麼事情。」

「竟然只有高中畢業？要是我就羞死了。」

「生下你這種垃圾的父母也一定是垃圾。應該負起生產的責任一起上吊自殺吧。」

汙言穢語、人格否定、學歷歧視、辱罵雙親——

從他們口中丟出的那些宛如將人類惡意濃縮起來般的發言，光是聽就會把人的心刨開並且在該處塗上大便。因此我的心總是腐爛到化膿，幾乎快要完全崩壞。

如果說那些傢伙的「說教」是腐臭的沼澤，那麼時宗先生所發出的壓迫感就是大河的激流。雖然具備稍有放鬆就會被沖走的力道與速度——但那些全是清澈見底的水。

（他沒有貶低或者藐視我的意思。說起來他根本沒有那種把比自己弱的人當成沙包打來取悅自己的低級想法。）

所以不用懼怕心靈被充滿腐臭惡意的沼澤腐蝕。

不論是多麼強大的壓力，都只要堅定自己的心靈就能撐過去。

（話雖如此，社長等級的壓力還是一刻都沒辦法放鬆！冷汗一直流個不停……！）

正因為這樣，我才會用例行性動作來切換自己的心情。

這是面對無處可逃而且必須有心靈損傷覺悟的困難案件才會做的動作，也是對自己的心靈與身體發出「別停下腳步！繼續前進！」指令的儀式。

當然這種動作不過是簡單的自我暗示，但反覆使用的十二年中完全在我內心生根，現在變成消除緊張與恐懼，將心靈切換成進攻模式的開關。

「不會是我聽錯了吧？你說自己喜歡我的女兒？」

「正是如此。我是真的喜歡春華同學。」

「……嗚！」

應該回答的內容本身其實很簡單。

被對方的父親如此嚴肅地詢問的話，就只能回答我真正的心意了。

絕對不能吞吞吐吐。

只要稍有猶豫或者試圖搪塞，就會變成空隙而很可能被時宗先生的魄力推倒。

「……老實說我真的嚇了一跳。從春華那裡聽說『朋友』的事情時就覺得不像一般高中生了，沒想到心臟竟然大顆到這種程度。」

或許是對我的評價提升了一個層次吧，只見時宗先生的視線變得更銳利了。

在此同時，壓在我身上的壓迫感也跟著變大。

（嗚……！前世不論什麼樣的交易都沒有遇過如此強大的壓力！如果是原為陰沉高中生的

第七章
社長VS社畜

我，面對這種情形很可能會引起過度換氣吧……！）

「但是……既然你都這麼堅定地說了，我也不再把你當成小孩子。將視為想奪走我女兒的一個男人來繼續提出問題。」

「好的，我也會以這樣的心態來回答。」

繼續增強的壓力讓我的腸胃開始咕嚕咕嚕叫，但我還是努力裝出平靜的表情來這麼回答。

至今為止大概只是洗禮或者警告的程度而已吧。

即使如此，還是覺得對高中生這麼做很不成熟，不過以時宗先生的角度來看應該已經手下留情了。

然後——我要是隨著冷汗把對於紫条院同學的愛意蒙混過去的話，就會背負著對自己的心意說謊這樣的愧疚，但那麼做的話他應該就會饒過我了吧。

（只不過……我清楚地表達了喜歡紫条院同學。所以時宗先生也非得認真地面對我這個對手了……）

時宗先生宣告不再把我當成女兒的高中生朋友，而是以希望跟紫条院同學正式交往的成人男性的層級來面對我。

這就是我的宣言所帶來的結果。

但我已經決定要克服持續逃避的人生，所以並不後悔。

我原本就不打算逃避心儀對象的父親所提出的問題。

「……春華是全國連鎖書店的社長千金，也是紫条院家現任當家的孫女，還有我這個下任當家的女兒。這在紫条院一族裡具有相當重大的意義。」

現任當家……指的應該是紫条院同學在校慶裡面提過的「爺爺」吧。

而時宗先生是帶著自己一手建立起來的大企業——千秋樂書店入贅到紫条院家，給紫条院家的財政帶來莫大的幫助並且娶了現任當家女兒的人。

原來如此，這樣確實符合被稱為下任當家的資格。

「春華將來會獲得公司的經營權，在一族裡面也會具有強大的影響力。因此應該會在各種打算中捲入政爭，同時也會出現敵對者吧。」

時宗先生暗暗強調她不是一般高中生能夠輕鬆談場戀愛的對象。

「雖然春華跟你都還是高中生，但要談到將來就無法忽視這件事。『真的喜歡』立場特殊的春華就是這麼一回事。你有自信能夠支持我女兒這樣的未來嗎？」

這是個無論怎麼回答都會害到自己的問題。

回答沒有自信的話，就會被說「你對春華的心意只有這種程度嗎」來指責決心的不足，表示有自信的話對方就會反問「你是憑什麼說出這種大話」吧。

而我的回答是——

「如果我將來能待在春華同學的身邊跟她共度人生……那麼不論她遇見什麼樣的困難我都會保護她，也會幫助她完成想做的事情。我一定會成為能辦到這些事情的成功男人。」

雖然是聽起來有些陳腐的台詞，但這是我毫無虛假的真心話。

從前世降臨到紫条院同學身上的毀滅結局，以及其他各種困難底下保護她，讓笑容永遠掛在她臉上。

這是我絕對想要完成的事情，而且由衷地想成為能辦到這些事情的男人。

「哼，光用嘴巴說誰都辦得到。你說要成為能夠支持春華的成功男人，那麼具備完成這個目標的願景嗎？沒有運用想像力來規劃今後將從哪條路前進才能成功的話，剛才的發言不過只是抱負。」

時宗先生用鼻子哼了一聲並且這麼說道，而他說的的確是事實。

不論高舉多麼優秀的業績目標或者組織目標，沒有確實完成目標的流程圖的話，那就只是不切實際的願望。

「對於將來的願景嗎？那就讓我來說明為了成為上得了檯面的男人，我對於將來有什麼樣的規劃吧。」

「……什麼？」

打過招呼後借用放置在桌上的記事本跟筆，接著對有些驚訝的時宗先生說明我計畫的內容。

「首先……我現在學測的級距大概是這樣。雖說仍是高中二年級的數值，不過升上三年級後我預定要達到大概這樣的數值。如果是稱讚過我指導方法與拿下期末考第一名的時宗先生，應該會了解我所說話有一定的可信度才對。」

「唔……嗯，你的確是相當努力的人。」

「而這個級距所能考上的大學有——」

我不斷列舉出這個級距所有可能考上的優良大學。

而且不只是這樣，連想就讀的科系以及在學中能考取哪些證照也一一加以說明。

「英語、簿記是基本證照，會依最後想進入的公司而把理財規劃顧問、建築師等證照加入候補當中。然後——」

我所展示的是將來的路徑規劃。

我能進入哪一所大學的哪一個科系？

有哪些適合這個科系就職的公司？

為了進入該公司需要那些證照？

我在紙上畫下宛如樹木分岔出去的樹枝一般的樹狀圖來說明可能性的分歧。

「然後從這個計畫反推回去的話，比如說要進入A公司就必須考上這間K大學的這個學

系，然後取得這個證照……這樣路徑就很清楚了。而現在就是進行這些選擇的階段。」

希望能在升上三年級前決定下來，但還會因為是否能跟紫条院同學成為戀人而有所變動，所以目前仍是未定狀態。

「最終的候補有S公司、R公司、T公司……雖然還有很多，總之我是這樣規劃如何抵達最終的目的地。」

「…………」

我一這麼回答完，時宗先生就以說不出話來的表情沉默了一陣子。

他困惑到減輕對我的施壓，甚至看起來有些退避三舍。

「啊……那個，看來你調查得很清楚……你平常一直都在思考這些事情嗎？」

「是的。因為不論計畫多麼縝密都無法保證將來就一定會順利，所以我認為盡可能思考各種可能性不是什麼壞事。」

要問我平常是否都在思考、調查這些事情的話，那麼的確是這樣。

因為上輩子我大部分的後悔都是因為到那間黑心公司上班。為了不重蹈覆轍，從現在開始認真計劃本來就是應該做的事情。

「這……這樣啊……所以才都是以優良企業為目標嗎？」

「是的，不過我重視的不是薪水或者公司的職位，而是那是不是一間良心企業。社員都能身心健康、薪水充足，能夠活得像一個人的公司——想到這樣的地方就職，所需要的水準就一定會跟著變高。」

這就是我這輩子絕對無法退讓的堅持。

良心企業。

不會遭受汙言穢語辱罵，不會做牛做馬到搞壞身體，能夠正常休假，沒有免費加班而且有年終獎金的夢想世界。

能夠到達那裡，第二次的人生才有幸福。

「然後到這種有一定水準的企業上班累積作為社會人士的經驗，就算無法成為像您這樣的天才企業家，也想理解大人世界的權力學並具備藉此來支持春華的力量。」

該如何才能獲得身為成年男性的力量——這無論怎麼想都只能靠經驗。但上輩子的我雖然在地獄般的黑心企業獲得強大的精神力，卻成為缺乏人生喜悅以及提起勇氣拓展人生道路的扭曲大人。

之所以想進入良心企業工作，除了剛才所說的想累積更多社會經驗之外，也是希望藉由體驗跟前世不同的豐富私生活，讓自己成為一個真正了不起的大人。

「當然不是進入好的公司人生就一定會成功，我知道一個男人的器量跟這件事沒有必然的關係。」

「哦？」

只要走上社會上人人稱羨的道路就一定能成為完人——當我率先表示自己沒有視野如此狹窄的妄想後，時宗先生就發出有些讚賞的聲音。

「只不過，剛才被問到要成為能支持春華的男人應該有什麼樣的願景，所以才認為至少應該展現我一直認真地思考如何成為卓越成人的途徑而發表了長篇大論。關於不確定的未來，我能說的目前就只有這麼多了……作為高中生現在能回答的答案是否還有什麼不足之處呢？」

我望著時宗先生的眼睛，詢問他對我的回答有什麼樣的看法。

＊

我——紫条院時宗再次體認到現在坐在眼前的少年是極為特異的存在。

對他提出的「你是否能成為足以支持紫条院家女兒的男人」這個問題，以一個沒有任何實績的高中生來說原本是沒有明確的答案。

正因為這樣，我才想看他會怎麼回答。

而他竟然開始訴說起自己將來的規劃……而且還是極為腳踏實地的計畫，明顯並非即興發揮而是平常就一板一眼地認真思考著將來。

（不過……想考什麼樣的大學也就算了，竟然連將來想就職的公司都調查得一清二楚……這個少年實在有點恐怖。）

話說回來，說明得如此詳細的話，實在無法說他「沒有想法」、「空有志氣沒有任何保證」了。

雖說甚至有某種強迫症的感覺，不過可以確定眼前的少年思考了許多該如何讓自己成功的方法，清楚地傳達出對於人生的鬥志。

「……嗯，說不上不足。可以感覺到你對將來的覺悟而非只是訴說俗套的抱負。」

「這……這樣啊。」

我才剛這麼回答，新濱小弟就露出稍微鬆了口氣的表情。

「不過，你對於良心企業倒是相當執著呢？」

「那是因為……我認識很愚蠢的大人。那個男人連辭掉黑心企業的勇氣都沒有，為了公司做牛做馬，除了讓家人傷心不已之外還因為過勞而死亡。我不想變成他那個樣子。」

（讓家人傷心最後死亡的男人……單親家庭……哦哦，原來是這樣啊？）

正因為有那樣的過去，才會在這個年紀就變成如此慎重的計畫魔人嗎？原來如此，知道根源後總算放心了。

「那個……我也可以問個問題嗎？」

第七章

社長VS社畜

在這樣的壓迫感當中，新濱小弟從額頭流下汗水這麼說道。

「嗯，這是男人之間的對談。你可以說出自己想說的話。」

像個社會人士一般說了句「那我就不客氣了」後，新濱小弟就開口表示：

「時宗先生您希望春華同學站上活用公司權利的立場，或者對一族發揮影響力的立場嗎？然後將來交往或結婚的對象也必須有家世與財力……？」

遙遠的過去，我也曾經對紫条院本家的老頭子丟出同樣的問題。

那個時候老頭的回答是「正是如此，乳臭未乾的小子！」，所以跟秋子訂下婚約時我便挑釁地說了句「不甘心嗎？女兒被乳臭未乾的小子搶走了不甘心嗎？嗯～？」，而現在我的答案是——

「不……那個孩子可以說天生不適合走這條路。如果她本人強烈希望的話我會考慮，不過基本上是希望她做自己喜歡的工作就好了。然後結婚也是不論對方的職業與家世，只要她能幸福就可以了。」

即使身為父親的我這麼想，但人生還是會受到身分與立場的影響。

紫条院本家的想法應該又跟我不一樣，也會有想把春華當成招牌的傢伙、迎娶春華後試圖在紫条院家拓展勢力的傢伙——沒有辦法讓那個女孩永遠不跟這樣的傢伙接觸。

（可惡，不知道我有多麼擔心，還天真地感到開心……！）

得知我不重視家世與立場的方針後，新濱小弟的臉立刻綻放出光芒。

「但是！就算不看職業與家世，也必須是能讓我同意的人選！我不打算讓半吊子的男人接近春華！」

我為了牽制眼前的少年而惡聲這麼說道。

＊

我──新濱心一郎的耳裡傳來時宗先生的大喝一聲。

（可惡，這個人「絕不把女兒交給你」的氣息真的很強烈！嗯，如果我有像紫条院同學那樣的超可愛女兒的話，或許也會變成這樣吧……！）

但是，要是不讓這個超愛女兒的父親在某種程度上認同我，這個幾乎是面試的對談就不會結束。

必須把我的聲音傳達給這個人才行。

「那個……雖然這麼說有點狂妄，但那應該先交給春華同學判斷就可以了吧？」

「什麼……？」

「春華同學的性格雖然天真爛漫，但是她並不笨也不是孩子了。我想她應該能判斷交往對

第七章
社長VS社畜

象的好壞。」

在多少習慣一些的壓力氣氛中，我如此對時宗先生說出訴求。

「我將來打算跟春華小姐告白。然後如果被拒絕的話……雖然自己也不知道得花幾天才能從悲傷當中振作起來，不過總之也只能接受事實。所以我想時宗先生應該不用特別篩選。」

只不過，就算被拒絕了，我也打算無論如何都要阻止她香消玉殞的未來。

「如果春華只是普通女孩的話，你的建議就是正確的吧。但是——那個孩子縱使不笨也太過純真了！你雖然說她不是孩子，但她明明就還是個孩子！因此身為她的父親就必須篩選靠近她的男人！」

不知道是否因為回應我真摯的訴求，時宗先生的聲音中帶著熱氣。

而我的口氣裡也同樣逐漸帶著感情。

「這個……您會不會太小看春華同學了？我能理解您擔心她性格過於直率的心情，但是先確認過春華同學的意思也還不遲。還是說，今後社長仍打算只要有男性稍微靠近她，就以散發強大壓迫感的壓力面試來把他們全都趕走？您打算讓春華同學一輩子都無法結婚嗎？」

「嗚……竟然說出跟我老婆同樣的話……！」

喂，等等！果然伯母也對你說過同樣的話嗎！

算了，先不管這個……

「就我個人來說，雖然不清楚今天在這裡能不能獲得時宗先生的認同——不過我今後也會繼續努力。就像您過去所做的那樣。」

「你說什麼……？」

抹消激昂的感情，時宗先生狠狠看了我一眼。

我也從正面迎擊這樣的視線。

「我在以前的雜誌裡看過時宗先生的訪談。就是您入贅紫条院家成為話題的時候。」

那是決定要來到紫条院家後，我考慮到要跟紫条院同學的父母親見面而到圖書館查的資料。

多知道一些對方的事情才不會沒有話題，即使是初次見面也比較容易醞釀出和諧的氣氛。前世在首次跟客戶見面時，我經常會使用這樣的手法。

「您在訪談裡回答了『說起來我跟秋子小姐交往之後，就是為了讓頑固的紫条院家承認我們結婚才會緊急擴大公司的規模』。當時那篇訪談雖然是用了半開玩笑般的寫法，但我認為那完全是您的真心話。」

「…………」

「您那麼努力都是為了喜歡的人。當然也是為了自己的夢想……說不定千秋樂書店這個店名就是從秋子女士的名字中取一個字來使用的吧？」

第七章
社長VS社畜

時宗先生依然保持沉默。

他只是默默地聽著我說話。

「我也跟您一樣。願意為了喜歡的人盡最大的努力。或許無法像時宗先生這樣在商場上獲得極大的成功……但春華同學不論是高興、拚命努力還是生氣的臉龐我全都非常喜歡，我有自信想待在她身邊的心情不會輸給任何人。」

不用思考話語就滔滔不絕地脫口而出。

因為單純只是說出自己的真心話而已。

「所以至少……在我向春華同學告白之前，請允許我待在她的身邊！拜託您了！」

依然坐著的我深深低下頭來。

然後——沉默再度降臨。

這時我已經沒有什麼話可以說，時宗先生也是默默無言。

一陣子後——

「……你說了一件讓我在意的事情。」

「咦……？」

「你說春華生氣的表情……？可以說明一下是在什麼樣的狀況下看到的嗎？」

「好……好的……！那個，是期末考時發生的事情……」

我簡短地說明事情的經過。

期末考以及御劍主動挑起的比賽。

其結果以及紫条院同學對御劍大動肝火等事情。

「御劍……？難道是那一家的長男嗎？算了。總之那個時候春華對辱罵你的那個男孩子生氣了嗎？」

「是的，連我都嚇了一大跳……她真的相當生氣，甚至還說出『請再也不要跟我說話了！』這種話。」

「這樣啊……那個春華嗎……」

說到這裡，時宗先生就以遙遠的眼神望著裝飾在房間裡的全家福照片。

照片裡可以看到五歲左右，像妖精般可愛的紫条院同學。

「那個孩子從以前就很容易受到同性的嫉妒……即使如此她還是絕對不會發別人脾氣，一味認為原因出在自己身上。我們雖然也試著要改善這一點，但或許是天生的性格吧，一直沒有什麼太大的效果。」

時宗先生「呼」一聲嘆了一口氣後又繼續說：

「那個春華竟然能如此生氣……應該是深深受到你的影響，感受到你對她的價值吧。」

然後再次隔著短暫的沉默……就筆直地看著我。

第七章

社長VS社畜

不知不覺間，那種沉重的壓迫感也消失了。

「…………現在宣布今天模擬面試的結果。」

咦……？結果？

「清楚地感受到你認真的程度了，甚至可以說有點太過拘謹。關於將來的計畫則是縝密到令人同時有感嘆與害怕的感覺，因此很難做出評價，不過我原本就要求超出一般高中生的答案，所以就算是加分吧。還有說起來根本不懂為什麼你能撐過我的壓迫感。心臟不會太強了一點嗎？」

「那……那個……？」

「整體來說完全沒有年輕人的朝氣算是缺點，不過對我毫無畏懼且能清楚說出自己的意見獲得很高的分數。還有事先調查我過去的軼聞，把它當成最後訴求的樣本也算值得評價。讓我再次認識到你目前所在的位置就跟過去的我一樣。」

就像是進行這樣的考試一樣，時宗先生淡淡地這麼敘述著。

「至於總評嘛……我只能判斷你對我心愛的女兒算不上有害的男人，而且已經有相當的覺悟。」

…………咦……？

那也就是說……

「啊……那個，還有一件事。這原本是拜託妻子秋子告訴你的留言，看來應該先在這裡告訴你吧。」

時宗先生像是覺得很麻煩一樣，以心不甘情不願的態度開口表示：

「正如你剛才所說的，那個孩子的優點與缺點都是天真爛漫的個性，以她的父親來看，確實也有危險的地方。因此……那個，嗯，怎麼說呢……今後也請你多多幫忙那個孩子。」

說出口了。

雖然是一副相當不得已的模樣，但我已經獲得接近紫条院同學的許可……！

「好……好的！謝謝您！」

「但你可別搞錯了！只是做朋友而已！絕對不允許有任何逾矩的行為！」

「這我當然明白！太棒啦啊啊啊啊啊啊啊啊啊！」

「你這傢伙絕對不明白吧！」

面對忍不住握緊拳頭的我，時宗先生以略為發飆的態度大叫著。

第八章

在那個女孩的房裡舉行茶會

完全無法預料的壓力面試風暴過去了，我跟時宗先生一起離開房間並準備移動到客廳。

一般家庭的話是馬上能抵達的距離，但房子寬敞到這種地步根本就像換教室了。

「不過，沒想到御劍家的小兔崽子竟然又對春華出手……」

我不由得敏感地對時宗先生在走路時丟出的一句呢喃產生反應。

嗯……？「又」是什麼意思？

「那個……御劍他小時候做過什麼事情嗎？春華小姐說過，她小時候時宗先生好像對御劍家發過脾氣……」

「嗯？噢，御劍家的兒子在派對裡遇見年幼的春華就樂昏了頭，強行拉著她想把她帶回自己的家裡。」

嗚哇啊……那個臭傢伙，真的從小就盡幹一些沒水準的事情耶……

「當然只是未遂就結束了，不過春華當時很害怕。但對方的兒子一點都不覺得自己做錯了，父母親也只會說『小孩子不懂事』而完全沒有加以責罵，這讓我很生氣。在那之後我就切斷與御劍家除了生意之外的所有交流。」

原來如此，那樣身為父親當然會發飆。

紫条院同學雖然說不記得與御劍相遇時發生了什麼事……不過可能是當時的恐懼讓她下意識拒絕想起的結果。說不定已經成為她的心理陰影了……

「話說回來，春華在學校的表現如何？一切都還順利嗎？」

「這個嘛……還是因為太漂亮了而受到女孩子的嫉妒，不過最近沒有遇到什麼麻煩，也都能笑著享受各種活動。」

或許是短時間內雙方各自說出真心話來做了濃厚交流的緣故吧，我跟時宗先生都像脫胎換骨一樣，對待對方的方式都改變了。

我想這應該是正向的變化吧。至少時宗先生認可了我的存在。

「話說回來……校慶跟她一起吃飯時，她說過喜歡在祭典裡吃的炒麵。她小時候您們一家人常去參加廟會嗎？」

「……她這麼說嗎？」

我突然想起這件事並且說出口後，時宗先生就放慢在走廊上的腳步，像是感到很懷念般表示：

「那孩子小時候我實在太忙了，沒能帶她去哪裡玩。在那樣的情況下能撥出時間全家人一

第八章

在那個女孩的房裡舉行茶會

起去的就是附近的廟會了……這樣啊，她仍然那麼重視那個時候的回憶嗎？」

時宗先生露出回顧女兒成長的遙遠眼神，同時以感慨良多的口氣這麼說著。

雖說被這個人的壓力面試嚇了一大跳……不過他對女兒的愛情絕對不容質疑，這對我來說是相當值得高興的事。既然我的目標是把紫条院同學從未來的惡意當中拯救出來，那麼父母親對她的愛情將會是最強大的助力。

「……嗯？不對，等一下哦。『校慶跟她一起吃飯』……？就你跟春華兩個人？」

「哦哦，終於到客廳了。哎呀，差點就要迷路了呢。」

「你這傢伙，別想蒙混過去！在我看不見的地方都做了些什麼事！」

無視時宗先生從背後傳來的逼問，我立刻打開了通往客廳的門。

雖然對伯父不好意思，但我要逃到安全地帶了。

「啊……新濱同學！」

一進入客廳，紫条院同學立刻跑向我。

「你沒事吧？爸爸有沒有對你說什麼過分的話？」

當我跟時宗先生交談時她一直在這裡等待，並且為我擔心吧。這樣的溫柔慢慢地療癒我因為壓力面試而疲憊的神經。

「我沒事喔。沒有什麼好擔心的。」

「看你的衣服都濕透了，怎麼可能沒事呢！」

啊……我確實從頭到尾都滿身大汗。

襯衫仍是微微透明嗎？

「爸爸！」

「呃……嗯……什麼事春華？」

受到針對的時宗先生發出心虛的聲音。

「你跟新濱同學關在房間裡談了快一個小時，究竟都談了些什麼？」

「沒……沒有啦，只是談些男人之間的事情……」

「那也太久了吧！還有，剛才回來的時候你竟然說出『你這傢伙！』這種沒禮貌的話，等一下要好好道歉喔！」

「那是因為……」

這名大公司的社長，在面對女兒可愛的發怒模樣時也毫無抵抗力。

當我興致勃勃地看著這一幕時，時宗先生就小聲地偷偷對我搭話。

（喂，快幫忙啊新濱小弟……！這時候賣我人情才是聰明人喔！）

（不不不，我覺得不應該打擾父女之間的溝通。）

（你……你這傢伙……！不久之前才滿身大汗，現在竟然變得如此厚臉皮！）

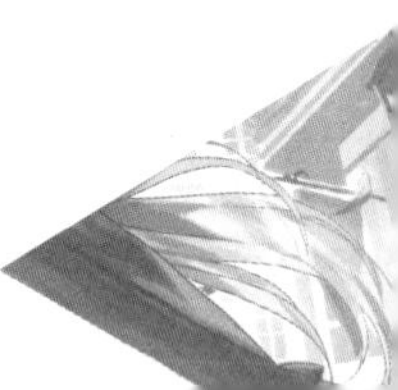

（哈哈，全是託時宗先生的福，您的壓力面試讓我的膽子都變大了。）

我個人認為那場面試本身是出自於父親的天性，所以也不能怪他，不過招待到家裡的朋友突然被帶走，也難怪紫条院同學會生氣。

這一點必須確實讓時宗先生理解才行。

「在說什麼悄悄話啊！請好好地回答我，爸爸！」

「沒有啦那個……話說回來春華！妳真的變得會生氣了呢……」

紫条院同學至今在家裡可能從來沒有展現過怒氣吧，時宗先生驚訝地瞪大了眼睛。

說不定紫条院同學是首次用如此強硬的態度對待父親。

「請不要再顧左右而言他了！不道歉的話，我會開始討厭爸爸喔！」

「咕啊……！」

聽見紫条院同學說出憤怒發言的瞬間，時宗先生就像受到心臟被箭貫穿的衝擊一樣，因為大受打擊而全身發抖。

到剛才為止都一臉嚴肅的社長，現在卻露出快流下眼淚般的表情，甚至像快要站不住了一樣。

這個人真的很愛女兒呢……

「新濱小弟，辛苦了。我們家那口子太沒禮貌了。」

「不，別這麼說……」

接著秋子女士就開口慰勞我。

看來這個人也跟女兒一起在客廳裡等待。

「然後……從你那開朗的表情，以及輕鬆跟那個人對話的狀況來看……難道說……？」

「是的，總算是獲得以朋友身分待在春華同學身邊的許可了。」

「真的嗎！一……一次就成功了嗎？」

這樣的發展似乎出乎秋子女士的意料，她露出了非常驚訝的表情。

「到……到底是怎麼辦到的？依照那個人的個性，應該是很不成熟地進入壓力面試模式對吧？我這次因為太害怕了而沒辦法說什麼，不過原本是打算安慰你『先跟春華變熟再慢慢加以攻略就好了♪』耶！」

「哈哈……我嚇到心臟差點從嘴裡跳出來，而且遭受不少批評，不過我忘我地說出所有內心話後，好不容易才……」

嗯，以遊戲來比喻的話那確實是必定會輸的事件。

如果我只是普通高中生，就會被時宗先生的魄力徹底擊敗，不知道該如何處理自己的愛意與覺悟而進入苦悶不已階段……不過現狀是集結了社畜力強行突破了這次的難關。

「哦哦……既然是春華帶來的孩子，原本就在想不會一次就過關吧……結果你真的很厲

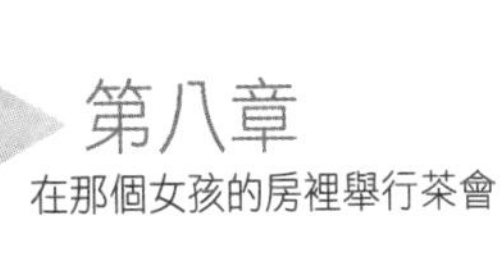

第八章 在那個女孩的房裡舉行茶會

害。真的是高中生嗎？」

「嗚……嗯，時宗先生也說我沒有年輕人的朝氣……」

對不起。心靈年齡是符合肉體的十六歲，但心智是個大叔了。

應該說若是沒有作弊的普通高中生，根本不可能突破那場壓力面試！

「新濱同學！接下來預定要舉行茶會……但待在這裡的話爸爸可能會說出奇怪的話，所以我們換個地方吧！」

原本對時宗先生發脾氣的紫条院同學突然對我說出這樣的提案。

順帶一提，遭受女兒斥責的時宗先生則在她背後垂頭喪氣地露出相當悲傷的表情，剛才的魄力完全消失無蹤。

「哎呀春華。那當然沒問題了，不過妳要用哪個房間？」

「是的！難得有這個機會，就請他到我的房間吧！」

「「咦！」」

看見笑著輕鬆這麼說道的紫条院同學，我跟時宗先生異口同聲地發出驚愕的聲音。

我……我的房間……？

我的房間的意思是……紫条院同學平時更衣休息就寢的房間……嗎……？

「等……等一下————！妳在說什麼啊春華！應該說妳已經是高中生了，不能再做出這麼天真的行為了！怎麼可能允許妳帶男生進房噗嗚！嗯、嗚唔！」

「呵呵，你稍微安靜一下吧，老公。」

秋子女士的手臂從時宗先生背後伸出來，把他的臉勒住好讓他不能繼續說話。

「我會像這樣壓住這個人，你們兩個快走吧～啊，東泉小姐！把茶和點心送到春華的房間！」

「遵命，夫人。」

顏面被緊勒住的時宗先生發出「唔嗯、唔咕、嗚咕咕咕！」的呻吟，在房間角落待機的冷酷傭人冬泉小姐眉頭動都不動就點頭答應了。

「謝謝媽媽！那我們走吧新濱同學！」

「呃……好……」

看見承受妻子絞技而不斷發出呻吟聲的大公司社長，我就大概理解這個家裡真正的權力關係了。

不論是什麼樣的有錢人還是名門都得遵照人類普遍的法則——為女則強。

＊

第八章

在那個女孩的房裡舉行茶會

這時我因為跟時宗先生面試時不同的原因而緊張不已。

怎麼說我現在都是待在紫条院同學的房間裡，還坐在房間中央桌子前的椅子上面。

（踏入紫条院家時就覺得很不真實了……現在來到紫条院同學的房間根本像是在作夢一樣……）

比我房間寬敞了四五倍的空間，每一種家具看起來都像是高級品，不過除此之外就沒有什麼特別的地方了。

只不過，總是會忍不住開始想像。

紫条院同學就坐在那張書桌前面為了準備期末考而煩惱，假日穿著休閒服閱讀輕小說、早上穿著睡衣揉著眼睛從那張雙人床起身，然後打開衣櫥換上制服。

以及剛洗好澡在這個房間裡一絲不掛的模樣——

（我在想些什麼啊啊啊啊啊！怎麼能對以天真無邪的心情邀我到房間的女孩子想些色色的事情啊啊啊啊啊！）

糟糕……只要想到待在紫条院同學平時生活的空間，思緒就會一直往邪惡的方向發展……

「……？怎麼了嗎新濱同學？怎麼看起來好像很緊張……」

坐在桌子對面的紫条院同學露出狐疑的表情。

完全不知道我苦悶的心情，看起來就跟平常一樣純真。

「沒……沒有啦，這還是我有生以來第一次進到女孩子的房間……」

「是這樣嗎？但是跟客廳比起來並沒有什麼比較特別的地方……」

很特別喔！

紫条院同學平時生活起居的房間，絕對比這個世界上任何的房間都要特別喔！

（雖然紫条院同學一直是這麼天真無邪……但在這種狀況下露出那種驚愕的表情，就會開始覺得自己跟欺騙女孩子後闖入她房間的變態一樣……！）

「失禮了，大小姐。」

這時傳來輕輕的敲門聲，穿著圍裙的冬泉小姐隨著送餐推車一起走進房間。

不過都已經到這個時候了，才覺得現代日本仍被稱為「大小姐」的少女竟然就在自己眼前，還真讓人有種進入動畫世界的非現實感。

「謝謝妳冬泉小姐！啊，茶就由我來倒吧！」

「遵命……請注意不要滿出來了喔。」

「真是的，別擔心！我不會在客人面前出這種錯！」

簡直就像姊姊一樣擔心著的冬泉小姐跟紫条院同學之間的對話讓人不禁露出微笑。在這裡工作的人，不論是薪水還是工作環境一定都是無可挑剔吧。

「那麼我先告辭了……啊，還有新濱少爺。」

第八章

在那個女孩的房裡舉行茶會

「是……是的？」

被叫到名字的我嚇了一跳，冬泉小姐則悄悄把嘴靠近我的耳邊，壓低聲音呢喃著：

（只要不逾矩，多少發動一些攻勢也沒關係喔。）

「什……！等等，咦咦……？」

「那麼請慢慢享用。」

跟露出慌張模樣的我相反，冬泉小姐嚴肅地行了一個禮後就離開房間。

這是……傭人們與秋子女士都不反對我接近紫条院同學……甚至都還幫我加油……？

「請用吧，新濱同學！這是我喜歡的茶！」

當我還在手忙腳亂時，紫条院同學已經在桌子上完成茶會的準備了。

倒入閃亮骨瓷杯子內的紅茶散發出帶著蠱惑香味的熱氣，而茶點也放射出引人矚目的存在感。

「嗚哇，太厲害了……！漂亮到覺得吃下去真是太可惜了……！」

應該是紫条院同學親手做的茶點是五顏六色的水果塔。

上面放著大量草莓、藍莓、奇異果、哈密瓜、桃子等水果，看起來彷彿光芒外露的寶石箱一樣。

「我一直煩惱什麼樣的茶點才能讓人開心……最後覺得第一眼看到時就能心花怒放的點心

比較好，所以決定製作水果塔。不知道男生會不會喜歡這種點心就是了……」

「嗯，太棒了！真的很漂亮！」

午餐的料理也是一樣，除了外表相當豪華之外，像這樣為了我而絞盡腦汁所製作出來的事實更是讓人吃起來感到格外美味。

因為太過開心，緊張的心情一個放鬆下來，淚腺也跟著發達起來了。

（雖然午餐吃太飽肚子還是很脹，但因為跟時宗先生的面試已經過了一段時間，甜點應該不成問題。年輕人的消化能力真是了不起——啊！）

「那……那個，紫条院同學……妳不會也準備了好幾種點心吧……？」

「不，我原本還想做別的，但媽媽跟冬泉小姐都表示『光是那些分量的料理就足夠了！』而阻止了我，所以就只有這一個而已……果……果然太少了嗎？」

「不，夠了！真的夠了！我覺得這樣剛剛好！」

我拚命這麼表示後，紫条院同學就撫摸胸口表示「呼，那真是太好了」。其實我也一樣鬆了一口氣。如果連甜點的分量都那麼多的話，這次就真的得棄權了。

「那我就不客氣了——嗚哦，太好吃了……！」

把紫条院同學分到盤子上給我的水果塔送進嘴裡後，幾種水果的甘甜與酸味跟鮮奶油融合在一起後形成貨真價實的美味。

第八章
在那個女孩的房裡舉行茶會

「呵呵，露出像這樣吃得津津有味的模樣真的讓人很開心。」

紫条院同學看著品嘗水果塔的我，很開心般這麼說道。

（真好吃……好可愛、好開心……這裡是怎麼回事。全是讓我感覺幸福的事物……）

帶著絕佳香氣的茶、在我眼前微笑著的端莊美少女，以及她為我做的甜點。這裡是桃花源嗎？

「那個……新濱同學。剛才我爸爸真的很不起。今天是為了感謝幫忙辦讀書會而招待你，結果卻如此失禮……」

紫条院同學突然放下叉子並如此表示。

她的臉上充滿歉意，看來像是覺得時宗先生讓我不開心了。

「哈哈，突然要跟時宗先生談話確實讓我嚇了一跳。但是……他真的是個很棒的爸爸。」

「咦……？」

「不是因為他是紫条院同學的父親我才這麼說，我是真的這麼認為。明明應該因為公司的事情而相當忙碌，卻還是很重視家人，也仔細地聽了只是女兒朋友的我所說的話。」

嗯，雖然突然就抓住高中生認真地實施壓力面試這種不成熟的行為的確不值得稱讚，但至少在我的心中已經開始對那個人萌生敬意了。

以愛意贏得心儀的人，並且在完成工作的同時能兼顧家人。

說不定他就是我理想中的榜樣。

「所以妳不用介意。當然一開始時是感覺他有點難親近，不過稍微聊過之後就發現其實人很隨和，跟他聊天其實很開心。」

嗯……其實不是「有點難親近」這種程度而已，根本充滿敵對情緒而且極度難相處……

「這……這樣啊……爸爸能跟新濱同學好好相處的話，我不知道為什麼就覺得很開心。」

「順帶一提，他很想知道紫条院同學在學校的狀況喔。」

「是這樣嗎？那我下次跟他聊聊好了……只不過最近的事情的話，感覺都只會提到跟新濱同學在一起的話題耶。」

「等等，那個……還是盡量以紫条院同學本人為中心吧？」

我想像每當紫条院同學提到我的名字，內心就越來越想發飆的時宗先生，於是在邊流著冷汗的情況下委婉地這麼表示。

「……嗯？那個是……」

喝著紅茶的我突然注意到一件事。

房間的一角放著附加了玻璃門的極豪華書架，我從放在該處的書背發現幾乎都是我曾經看過的作品。

「咦……書架上全部都是輕小說？數量太多了吧！」

第八章

在那個女孩的房裡舉行茶會

「啊……是的，正是如此。自從與輕小說邂逅之後書就一直增加……」

紫条院同學像是被看到很害羞之處般這麼說道。

「話說回來，妳好像說過每個月看四十本對吧。但數量看起來明顯超過耶……？」

「那個……由於突破了期末考這個難關，我就購買了許多名作。像是《天空之鐘響徹行星》還有《貓與胡椒》、《Prison Jacket》等等，其他還有許多……」

每一部都是知名而且集數相當多的作品。

能夠一次大量購買把系列買齊真是令人羨慕……

雖然這不是重點，不過如果告訴紫条院同學那些藏書之中有幾套過了十四年仍未完結的系列，不知道她會露出什麼樣的表情？

「話說回來……雖然是我推薦給妳的，但真沒想到妳會如此著迷……」

「嗯……首次跟新濱同學說話的那個時候真的很讓人懷念。」

沒錯，紫条院同學在圖書館尋找網路上獲得好評的輕小說，然後對個性陰暗的我搭話就是我們兩人首次接觸的瞬間。

我的體感大概是十四年前……真的是很遙遠的回憶了。

那一天我的腦袋因為跟極度完美的少女對話而茶不思飯不想，甚至還記得當天晚上在棉被裡任憑自己隨著幸福感胡亂踢著手腳。

「那個時候完全沒想到之後會受到新濱同學這麼多照顧。託你的福這個學期全是令人開心的事情……真的讓我再次覺得到那所學校就讀真是太好了。」

「話說回來……紫条院同學為什麼會到這間普通的學校來就讀？至今為止一直沒能問清楚……」

「那是……我自己要求的。我的許多親戚都是就讀知名的女校，但我自己從以前就不喜歡那種地方。什麼自己家裡是做什麼的、擁有多少財富之類的……裡面很多喜歡這種話題的孩子，我實在跟她們沒有話聊……」

原來如此。即使沒有那個笨蛋御劍那麼誇張，聚集了有錢人家子女的學校一定都會互相比較家世嗎？

那樣的環境絕對不適合擁有單純且樸實價值觀的紫条院同學。

「但就算到普通高中就讀，發展出一般的人際關係，卻還是沒能遇見足以稱為好友的同學。無論如何都會出現隔閡……大家都會與我保持距離。」

（那……一定不是因為所有的女生都壞心眼，而是會忍不住就退縮了吧……）

就跟對於許多男生來說紫条院同學是只可遠觀而不可褻玩的花朵一樣，對於女孩子來說紫条院同學應該是很難拉近距離的存在吧。

有錢人、大小姐、貌美如花、受到男孩子歡迎——這些要素都讓她們興不起與她親近的念

頭。

「所以新濱同學為了我做了這麼多事情，以及積極地與我交流……真的讓我很開心。」

「紫条院同學……」

我之所以會積極地想接近紫条院同學，完全是因為想保護自己憧憬的人，不讓她步入那種悲慘的未來——現在則又追加了「因為是心儀的對象」這個理由。

不過如果這樣的行動能給紫条院同學的心帶來正向的發展，那就沒有什麼比這個更讓人高興的事了。

「啊，不過最近風見原同學還有筆橋同學也跟我處得不錯。這也是新濱同學幫忙牽起的緣分。」

「沒有啦，牽起緣分的不是我而是章魚燒吧？」

「啊哈哈哈哈！這也是原因之一！這輩子只要一看到章魚燒就會回想起那累人的時刻！」

我憧憬的少女露出開懷的笑容。

那種模樣簡直就像盛開的花朵一樣美麗到難以形容。

啊啊，她的心地為什麼會如此地善良呢。

美麗、溫柔而且溫暖的少女。要是說她是妖精或者天使我也會真的相信。

「哎呀……」

因為著迷地看著紫条院同學，不小心讓一些水果塔的卡士達醬掉到了胸口。糟糕糟糕，太過入迷了。

「啊，請不要動。我馬上幫你擦掉。」

「咦……？」

紫条院同學起身抽了幾張放在房間角落的溼紙巾，接著大步走向我。

這時我只能坐著看她那過於自然的動作。

「請不要動喔。」

「呀……！」

我忍不住發出像是女孩子的叫聲。

那是因為紫条院同學才剛在坐著的我面前彎腰，就直接伸手過來開始擦拭髒掉的襯衫。

（好……好近……！紫条院同學的臉就在我胸口上方……！）

而且除了紫条院同學手部的觸感透過濕紙巾傳遞過來之外，她豐滿的胸部也像是馬上就要碰到我的身體了。

如此近的距離竟然這麼這麼簡單就遭到占領，我只能僵在現場紅著一張臉。

「呼，這樣暫時可以了！之後再送洗——」

這時紫条院同學抬起頭來。

然後——我們的眼神就在只有二十公分左右的至近距離下相交。

「啊……——」

紫条院同學終於理解我們靠得多近，只見她的臉逐漸變紅。

我不知道是因為感覺自己的行為太過不檢點，或者只是因為注意到太靠近異性而產生動搖。

但可以確定的是我們都意識到對方了。

充滿害羞情緒的兩張臉維持著相對的狀態，沒辦法說出任何話語，只能陷入進退兩難的情況。

（有種……好甜的香味……）

腦袋開始模糊了。

紫条院同學的臉就在那麼近的地方。

可以清晰地感覺到她的呼吸與氣味。

在這個不論到什麼地方都能聞到她氣味的房間裡，我的理性就像冰淇淋一樣慢慢融化。

（我現在伸出手的話……就能抓住她……）

我想碰觸她。

想抱緊她，告訴她自己喜歡她並將她占為己有。

第八章
在那個女孩的房裡舉行茶會

這樣的衝動在我內心不斷地膨脹。

下意識中，我的手微微往上抬。

接著那隻手就隨著衝動而——

這時我才突然注意到。

房間入口的門開了一道微微的縫隙。

還有像是怨念集合體般充滿血絲的眼睛從那裡一直緊盯著我看。

「咿————！」

「咦？新濱同學你怎麼……呀啊啊！」

回過頭去的紫条院同學也因為房門那邊突然發生的恐怖跡象而發出悲鳴。

那……那難道是……！

「你這傢伙————……！立刻就做出逾矩的行為————！」

「嘰————」一聲打開門出現的是成為憤怒化身的時宗先生。

他的臉上全是青筋，表情一看就知道代表「幹掉你」的意思。

「我因為擔心才稍微偷看一下，果然不出我所料……！在我們家做出下流行為的無恥之徒——嗯咕！」

「啊啊真是的，請不要亂動！竟然沒有得到允許就闖入女兒的房間，不是說了這是會讓她厭惡到好一陣子都不跟你說話的程度了嗎！」

從發飆的時宗先生背後出現的秋子女士，跟剛才一樣以手臂緊緊勒住丈夫的顏面。

「嗚咕……噗哈！放……放開我秋子！說起來女兒的房裡有男性這件事原本就不可原諒了！身為父親的我絕對不能默唔咕！」

「真是的！你年輕時甚至爬上我在老家的房間，到底有什麼臉這麼說人家！剛剛明明發展到精彩的地方，都怪老公這個搗蛋鬼！」

名門的貴婦人與幹練社長氣沖沖地對罵，同時在女兒房間前面展開猛烈的職業摔角對戰。然後最後似乎還是秋子女士的腕力獲勝，時宗先生就在被妻子摀住嘴的情況下，宛如被塞進口塞球般只能發出「嗯！唔咕嗚嗚！」的劇烈呻吟聲。

但即使在這樣的狀態下，他還是對繼續待在女兒房間的我發出憤怒的視線，實在是太恐怖了。

「呼，終於安靜下來了。」

「那個……媽媽。為什麼你們兩個人會在我的房間前面呢……？」

這時就連紫条院同學都半瞇著眼睛對摔角夫妻發出責難的視線。

這是平常就一路接觸她細微感情變化的我才能感覺得出來，這種感覺……看來她非常生氣。

「啊……啊哈哈……對不起！不小心讓這個人逃走了！好了你們快繼續吧！完全不必在意我們！」

「最好是啦啊啊啊啊啊啊！」

在母親充滿期待的眼神與父親滿是怨恨的視線之下，我叫出了這一天最大等級的吐嘈！

啊啊真是的……這家的人怎麼都這麼怪啊……

▶終幕1◀ 戰果報告後妹妹的腹肌壞死

結束在紫条院家漫長的一日回到家裡的隔天。

在我家的客廳裡，妹妹變成了一個笑袋。

「噗……噗哇哈哈哈哈哈哈哈哈！那是怎麼回事！為什麼在跟喜歡的女孩子告白之前就先向對方的媽媽跟爸爸表明喜歡他們的女兒！呵呵，啊哈哈哈哈哈……！等等，真是的，這次腹肌真的要壞掉了……！」

禁不過她再三懇求，把被招待到紫条院家時發生的事情告訴了她，結果話題才剛來到時宗先生舉行的面試時她就笑成這樣了。

「我有什麼辦法！秋子女士跟時宗先生都很嚴肅地問我啊！尤其是時宗先生的面試，要是因為害怕就隱瞞愛意的話，現在應該就因為對自己的心意說謊而陷入自我厭惡的狀態了！」

「嗯，當然是這樣沒錯啦……！不過原本應該是招待你去參加輕鬆的餐會，最後卻變成像提親一樣！尤其是對那個過度保護女兒的爸爸大叫『我愛你女兒』什麼的真是……我怎麼可能不哈哈大笑啊……！」

夠了，我緊張到快死掉的場面竟然如此地爆笑！

既然那麼想笑就讓妳笑個夠！

「是啊，我是叫了！從『我喜歡春華小姐』到『我有自信想待在她身邊的心情不會輸給任何人』、『我是真的喜歡她』、『不論是高興、拚命努力還是生氣的臉龐我全都非常喜歡』，我全都不厭其煩地對她的親生父親說了！」

「等等，別說了……啊哈哈哈哈哈哈哈哈哈哈哈！快……快不能呼吸……咕……咿哈哈哈哈哈哈哈哈哈哈哈哈哈哈！」

我剛添加了新的笑料，香奈子就像吃到蝶形斑褶菇般瘋狂笑到在地板上滾動。

可惡，如果這是發生在別人身上，我就能瘋狂大笑了……

「哈……咿……啊啊，不行了……還以為自己要笑死了……觀察哥哥的戀情比任何搞笑藝人都好笑這件事本身就很可笑了……」

「喂喂，之前就說過我不是為了提供妳娛樂才談戀愛的喔。」

「哈哈，抱歉抱歉。不過能順利結束跟爸爸的面試就算大功一件了！」

「嗯……雖然只認可當朋友，不過我自己也覺得真虧我能通過那場面試。」

時宗先生似乎不認為高中生能通過那種考驗，在感到驚訝的同時也出現像是「這傢伙是什麼人……」般略感傻眼的表情。

「但是……跟最重要的紫条院小姐沒發生什麼事嗎？就只有吃飯而已？」

「不，也不是這樣。在時宗先生的面試之後跟紫条院同學單獨在她的房間裡開茶會……」

「哦哦哦哦！」

「因為一點小事情，兩個人接近到可以感受到對方鼻息的距離。然後我的理性也因為在這種距離下聞到紫条院同學的氣味而鬆懈……終於忍不住把手伸過去……」

「哦哦哦哦哦哦哦哦哦哦哦！」

「那個時候注意到時宗先生以殺人魔般的眼神偷窺著房間，結果甜蜜的空氣就全部消失了。」

「啊啊啊啊啊啊啊啊啊啊啊啊啊啊啊！真是的——！」

那種模樣……真的很恐怖。

雖然某種程度上認同了我，但是跟紫条院同學有關的事情還是試著全力阻止我。看來他真的把女兒看得跟生命一樣重要。

「真是的，到底在搞什麼啊！沒有紫条院爸爸的話，就攻略完成了啊！」

「順帶一提，秋子女士也闖進來阻止丈夫。」

「有錢人也太多怪人了吧？」

「我也是這麼想。」

紫条院同學本身雖然是無庸置疑的天使，但要說那種天然呆的程度哪能算普通人，我也無法反駁就是了。

「啊，真可惜……愛情的戰果就在那裡中斷了嗎……」

「嗯，之後時間也晚了，我們就散會了。」

紫条院同學像是感到有些可惜般，微笑著對我說了「學校見」。

秋子女士則眼睛閃閃發亮地表示「下次再來玩喔！一定要來！」，至於時宗先生則是叮嚀我說「下次再有逾矩的行為就要你好看……！」。

但我今後也絕對沒有收手的打算。

雖然突破了一個重大的難關，今後也決定要小心翼翼地繼續接近紫条院同學。

應該說，從秋子女士的發言當中可以察覺到時宗先生年輕時似乎談了一場比我還要轟轟烈烈的戀愛，所以她才會說「到底有什麼臉這麼說人家！」。

在紫条院家當家對他說出「你別再接近我女兒！」當天就攀上房子的牆壁敲打秋子女士的窗戶，還有秋子女士不情願地去參加相親時闖進去搗亂之類的，是在演電影嗎？

「嗯？話說回來，老哥從剛才開始就在寫些什麼啊？」

「噢，這個嗎？是要寄給紫条院同學的感謝函啊。內容就是『謝謝妳之前的招待。我玩得很開心』。」

「嗚哇啊，不愧是老哥……！依然具備完全不像年輕人的細心……！」

嗚……感覺到紫条院同學家時也是一樣，我最近是不是一直被認為「不像年輕人」……？

等等，不過這種事情其實很重要喔。

還不到能傳訊息道謝的關係時，能夠傳達我方善意或感謝的就只有口頭與信件兩種方法，手寫信件雖然比數位版更花時間，不過對方也更能自然地感受到我方強烈的心意。

「嗯，寫信是沒關係啦……不過老哥今後絕對不能減緩攻勢喔。」

香奈子變成至今為止經常引導我的戀愛軍師模式並且這麼說道。

「老實說我也不知道紫条院同學對老哥有什麼樣的看法……不過沒有任何感覺的話絕對不會招待你去她家！就算覺得你幫了許多忙，最多也是送個禮就結束了！所以絕對有機會！我這個萬人迷國中生香奈子跟你保證！」

「呃……嗯……妳這麼一說就有莫名的說服力……」

雖然只是十四歲的女國中生，但戀愛能力遠遠超過我……

「因此要以在下個季節捨棄處男的決心好好地努力！雖然這目標對老哥來說就像聖母峰一樣高，不過目標本來就是要越高越好！」

「妳這傢伙太沒禮貌了吧！還有雖然有點太遲了，不過女孩子別說什麼處男！」

「啊，還有別說什麼『為了以防萬一……』而偷偷在皮包裡放保險套啊？我朋友的男友好

終幕1

戰果報告後妹妹的腹肌壞死

像在咖啡廳付錢時不小心掉出來，結果演變成輕微的地獄場景。」

「誰會這麼做啊啊啊啊啊！妳是故意將話題往情色方面發展來調侃我吧！」

「嘖，明明只是老哥第六感卻這麼敏銳……！」

我就在兄妹進行著已經變成慣例的對話當中結束對妹妹的戰果報告會——

只剩下一點時間，新的季節馬上就要來臨了。

終幕2 腳步稍微前進，夏天即將到來

放學後的傍晚。

我跟紫条院同學為了圖書委員的工作待在圖書館裡。

「主角很帥氣的輕小說真的很棒！最近一口氣看完的輕小說裡面，《魔術師歐芳》真的很精彩！」

「嗯，那個角色真的很帥……第五集在跟過去的自己戰鬥時所說的每一句台詞都在內心造成迴響，讓我變得很喜歡他。」

「對對對，就是這樣！我也很喜歡那一集——」

在圖書館的桌子前面對面坐著的我們，跟平常一樣趁著圖書委員工作的空檔聊著輕小說。

這是興趣與戀愛契合的完美時刻，平常的我只會讓自己置身於這樣的幸福當中，不過只有今天情況有點不太一樣。

這是因為今天在這段時間裡我有必須完成的任務。

（今天一定……今天一定得說出口才行……！）

終幕2
腳步稍微前進，夏天即將到來

安撫怦咚怦咚急速跳動的心臟後，我就開始計算時機。

要說的事情相當簡單，在能夠跟紫条院同學輕鬆談笑的現在，要說的內容其實也沒有什麼特別奇怪之處。

只是一句話——只要說出請告訴我那個就可以了。

（其實應該要早點問才對。說起來跟周圍的人表示還沒問後，就被全部的人孤立了……）

現在回想起跟我親近的那些傢伙露出的傻眼臉龐。

「啥？你還沒問嗎……你在搞什麼啊老哥？」

「真的假的……明明都那麼熟了……」

「什麼……？至今為止有那麼多可以問的機會，你到底在做什麼？」

「還沒嗎？咦，你在開玩笑？」

以上是從妹妹香奈子、銀次、風見原還有筆橋那裡獲得的感人心得。

然後客觀來看，他們說的一點都沒錯，完全是到現在還沒問到那個的我不好。

正因為這樣……今天一定得說出口才行。

（一定要說……！請紫条院同學告訴我手機的信箱……！）

這正是從剛才就一直讓我感到苦悶不已的事情。

至今為止……只要到學校來就能見到紫条院同學。因為是同班的學生，所以不論是讀書會還是圖書委員的工作都有許多時間能討論事情。

因此沒有特別感到不方便——被招待到紫条院家當天要碰面時，我才因為到現在仍不知道紫条院同學的信箱而感到沮喪。

第一學期差不多要結束，暑假馬上就要來臨。

就這樣在沒有交換電話號碼與信箱的情況下迎接結業典禮的話，我們就會有大約一個月的時間沒有任何接觸的機會——我就是在那個時候注意到這種理所當然的事情。

（如果兩個人是沒有什麼對話的關係，那問這個聽起來就只是在搭訕……紫条院同學對我的認識已經提升到「朋友」等級的現在，應該沒有任何問題才對……應該吧……？）

前世沒有任何機會詢問女孩子信箱的我，只是帶著處男腦不斷進行無法下定決心的思考。

但是一直光是在腦袋裡繞圈子，事情永遠不會有進展。

「那……那個……紫条院同學，那個，信……信……！」

「……新濱同學！雖……雖然有點突然，不過如果方便的話可以跟我交換信箱嗎？」

（……咦？）

我因為猶豫而吞吞吐吐的聲音，被紫条院同學同時發出的聲音轟飛了。

一瞬間搞不清楚發生什麼事，我只能瞪大眼睛。

「抱……抱歉……突然這麼說可能會讓你嚇一大跳，但今天在聊天時我一直在腦袋的角落

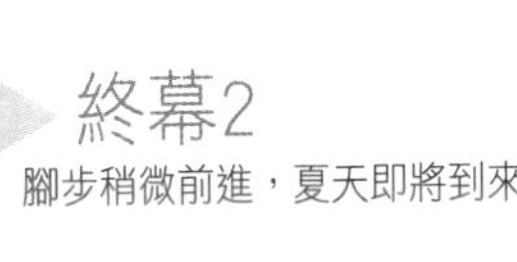

想著這件事……」

不像是察覺到我的驚訝，紫条院同學以有點害羞的模樣用手指玩著自己的頭髮。

「其實我最近跟風見原同學還有筆橋同學交換了信箱……可以的話也想跟新濱同學交換……不知道你覺得如何？」

簡直就像小孩子跟父母懇求禮物般，紫条院同學的臉頰微微染上紅色，眼睛往上看來宣告自己的願望。

（嗚……嗚哇啊啊……被……被那種眼神一看……）

自己的信箱竟然被用如此可愛的方式索要，這讓我的心產生劇烈的動搖。這時候又注意到少女的表情裡參雜了一抹可能遭到拒絕的不安，那種惹人憐愛的模樣又直接貫穿了我身為男孩子的弱點。

當然我的答案只有一個。但是……我覺得自己不能只是趁機利用紫条院同學的這個提案。我也必須宣告自己的心意才行。

「……太過偶然了，我真的嚇了一大跳。那個，老實說……我剛才也正好想提出一模一樣的要求。」

「咦！是……是這樣嗎？」

知道雙方從剛才開始就一直在尋找宣告這個請求的機會後，紫条院同學就露出瞠目結舌的表情，我則是露出苦笑。

竟然連這種事都重疊，看來我們兩個說不定是同類型的人。

「所以……我也要拜託妳。可以跟我交換信箱嗎？」

「……！好的！請務必跟我交換！」

我一這麼宣告，紫条院同學的臉上就露出燦爛的笑容。正是那種純潔的歡喜表情，給我的心帶來大過一切的幸福感。

「呵呵，話說回來……想不到我們雙方竟然在同樣的時機想問對方的信箱，一想到我們如此心有靈犀就覺得很開心。」

「……嗚！」

紫条院同學天真無邪之力全開後說出的發言，讓我再度淪落到必須壓抑自己劇烈心跳的下場。用「有同樣的想法」這種輕鬆的心情，說出「心有靈犀」這樣的台詞確實是很像紫条院同學會做的事。

「沒想到在這麼短的期間會增加這麼多交換信箱的朋友……終於逐漸脫離寂寞女人的行列了！」

「咦？啊……」

看著心情十分好的紫条院同學，我就想起她曾經在紫条院家說過的話。

終幕2
腳步稍微前進，夏天即將到來

進入高中就讀後周圍雖然有普通交情的朋友，卻都因為存在鴻溝而沒有能夠變熟的人……她是這麼說的。

「難道……妳至今為止都沒有跟朋友交換過信箱嗎……？」

「是……是的……雖然很丟臉，不過正是如此……一年級的時候最多也就跟班上的女孩子聊些無關痛癢的話題……在周圍的人不斷交換信箱的情況中，只有我一個人被拋了下來……啊哈哈……」

或許是回想起那個時候的寂寞日子吧，紫条院同學以噙著眼淚般的聲音這麼說。

實際上，無法參與女孩子之間互相交換信箱的行動，就等於被排除於班上的社群之外。雖然用的是開玩笑的口氣，不過很容易就能想像得到那是很難過的事情。

「漫畫和輕小說裡面，女高中生之間明明很快就能變成好朋友，現實卻相當嚴苛……一直到前陣子，每當我看到只登錄家人的清爽通訊錄就會很沮喪……」

「有……有這麼難過嗎……」

不擅長交際的學生無法融入班級也沒辦法增加朋友是經常聽見的事情……反過來說，很少看到因為交際能力、美貌、家族的高社經地位等條件太過完美而被排擠到無法交換信箱的情況。

不過這就表示……紫条院同學明明內心感到如此寂寞，卻還是經常以開朗的笑容來對待我跟其他人嗎？

……這個人是聖女嗎？

「所以之前風見原同學與筆橋同學表示要跟我交換信箱時，我真的很開心……最後終於忍不住流下眼淚，讓她們兩個人嚇到不知所措……」

「那當然會慌啦……」

不過雖然聽說過紫条院同學沒有什麼深交的朋友，但實在想不到手機電話簿的登錄人數甚至悲慘到可以稱為孤鳥的程度。

之所以說喜歡的要素是班上團結一致與一體感，也是跟這件事有關吧……

「那我們馬上來交換吧！事不宜遲！」

「嗯……好啊，拜託了！」

把手機靠近興奮不已的紫条院同學的手機，利用未來的智慧型手機時代變得不太能看見的紅外線通訊來交換信箱。

「呵呵……這樣我就有三個朋友的信箱了！突然覺得人生充滿了樂趣！」

看見露出天真且喜不自禁表情的紫条院同學，就感覺做了某種善事的心情比達成自己目的的開心感更為強烈……

「啊，不過……新濱同學可能比較特別。」

終幕2

腳步稍微前進，夏天即將到來

「咦……？」

「因為怎麼說都是除了爸爸之外第一個登錄到我電話簿的男生啊！」

「～～～！」

啊啊真是的……雖然本人仍是沒有自覺，但是對於具備純真且易燃心臟的男高中生來說，「第一個男生」這句話效果實在太強大了……！

「其實……我也一樣。除了家人之外，第一個登錄到電話簿的女生就是紫条院同學。」

「哇啊，是這樣嗎！那真是太光榮了！」

光看她的表情就知道這不是客套話而是出於真心。

對我來說，光是能聽到她這麼說就很光榮了。

「不過……真的太好了。」

紫条院同學露出深深感受著喜悅的表情，以感慨良多的口氣這麼呢喃。

到剛才為止的天真模樣當然也很可愛，不過現在這種恬靜的微笑則帶著些許成熟的氣氛，讓人因為另一種魅力而心跳加速。

「我原本認為隨時都可以在學校見到新濱同學……但仔細一想，暑假馬上就要到了。所以能像這樣交換聯絡方式真的很開心。」

「紫条院同學……」

跟我有同樣的想法……

「這第一學期一直都跟新濱同學在一起。受到你很多的照顧也非常開心……是新濱同學讓我的每一天都閃閃發光。」

從少女胸口溢出的感謝與善良很自然地變成言語流出。

我只是專心地聽著可能是這世界上最神聖的清脆聲音。

「接下來就是另一個季節，時間也不斷地流逝。不過能像這樣獲得在另一個地方聊天的方法，除了感到高興之外也有種安心感。因為學校放假的時候也能維持跟新濱同學的緣分。」

紫条院同學把自己登錄了我的電話號碼與信箱的手機抱在胸前，很珍惜般撫摸著它。簡直就像在把玩珍貴的寶物一樣。

「讓我們盡量多傳一些訊息來聊天吧，新濱同學。今後……也請繼續當我的好朋友！」

窗外的風吹動她烏亮的長髮，我心儀的女孩子露出盛開花朵般燦爛的笑容。

（啊啊——……）

我要從未來的魔掌底下保護的人，在那場壓力面試中強硬表示自己非常喜歡的可愛存在，其光芒與嬌媚的模樣讓我的意識一瞬間模糊。

「那是當然了。我才要說……今後也請多多指教了，紫条院同學。」

注意到自己的心意比之前更加膨脹後，只能對自己認真過了頭的愛意露出苦笑。

就這樣……我們稍微踏出新的步伐，同時迎接新的季節到來。

那是前世只能躲在房間裡簡直像什麼都沒發生過的季節。

也是有預感這輩子會發生某種好事的季節。

灼熱的——炎炎夏日就要到來了。

後記

謝謝大家購買這本《原本陰沉的我要向青春復仇》第二集！還在書店裡猶豫不決的你立刻把它拿到櫃檯結帳吧。只要是覺得第一集有點意思的讀者，絕對不會讓你失望才對（自誇）。

本作品剛在網路上連載時，我完全沒想過要長期寫下去，因此在第一集出版時我真的很緊張。

本作是社畜×穿越時空×愛情喜劇這種有些特殊的構成，有點擔心各位讀者是否能夠接受。

不過我收到許多正面的感想，之所以能像這樣出版第二集，應該是作品的風格受到一定程度接受的證明，這確實讓我感到很開心。

另外也接到不少偶爾參雜其中的黑心企業描寫相當真實的評語，看到「這是作者的親身經驗吧？」「從字面散發出的怨念可以稍微看出作者內心的黑暗面」等感想就忍不住噗哧一笑。

不用擔心。雖然眼睛的光芒變得有點暗沉，但作者還好好地活著。

暗黑物質似乎快溢出來了還是換個話題吧，最近愛情喜劇出現不少受歡迎的作品。

責任編輯告訴我，現在戀愛喜劇正在流行當中，這不知為何讓我出現懷念的心情。說起來，我還是學生時正是戀愛喜劇最火紅的時代，印象中動畫化的很多都是愛情喜劇或者日常系的作品。

之後網路小說開始流行，奇幻小說變成大宗，現在又再度開始流行戀愛喜劇，感覺流行已經輪迴過一遍了。

戀愛喜劇雖然依作品而有不同的作風與概念，不過最重要的大概都是靠與女主角的戀愛來讓讀者臉紅心跳。

因此這本第二集跑出一堆男性到底是怎麼一回事呢（語氣平板）。尤其紫条院爸爸完全是意料之外，網路連載時獲得了謎樣的人氣，連作者都驚訝得瞪大了眼睛。超過五十歲的大叔一登場感想欄就一片騷動的戀愛喜劇究竟是……？想到這裡，作者就變成跟宇宙貓哏圖裡的那隻貓一樣。

如果要推出下一集的話，會變成怎麼樣對於作者來說也仍是個謎。但不論如何夏季篇在戀愛喜劇都占相當重要的位置，所以應該可以確定會相當甜蜜吧。

原本是大叔的新濱，將迎接原本的人生裡完全無緣的奇幻夏天。

那麼差不多該獻上謝詞了。

sneaker文庫的責任編輯兄部。在這次我因為私事而難以找到時間執筆的情況中，真的感謝

後記

您如此貼心。工作進度延遲還給您添了許多麻煩真的很抱歉。

負責插畫的たん旦老師。這次也要謝謝您幫忙繪製美麗的插畫。在網路社群上看見您幫第一集發售時所畫的「序幕的春華」時真的很感動。

再來要感謝在網路上幫我加油的各位以及購買本書的所有讀者。

……哎呀，字數不太夠耶。那沒辦法了，只能用抱怨來把它填滿。

咕啊啊啊啊啊啊啊啊啊啊啊啊啊！

加班七個小時哪還能創作輕小說啊可惡——————！

當社會大眾正熱烈討論艾爾登法環時，為什麼只有我不論是睡著還是醒著都得像壞掉的打字機（年輕人應該不知道是什麼了吧！）一樣不停打字？超級機器人大戰３０也都還沒玩耶！

ＰＳ５也太難抽中了吧！想買台遊戲機竟然得這麼辛苦究竟是怎麼回事？應該毫不留情地消滅黃●！

呼～舒服多了，那我們就在這裡說再見吧。

熱切地希望還能在陰沉的我第三集見到各位。

我們下集見～

慶野由志

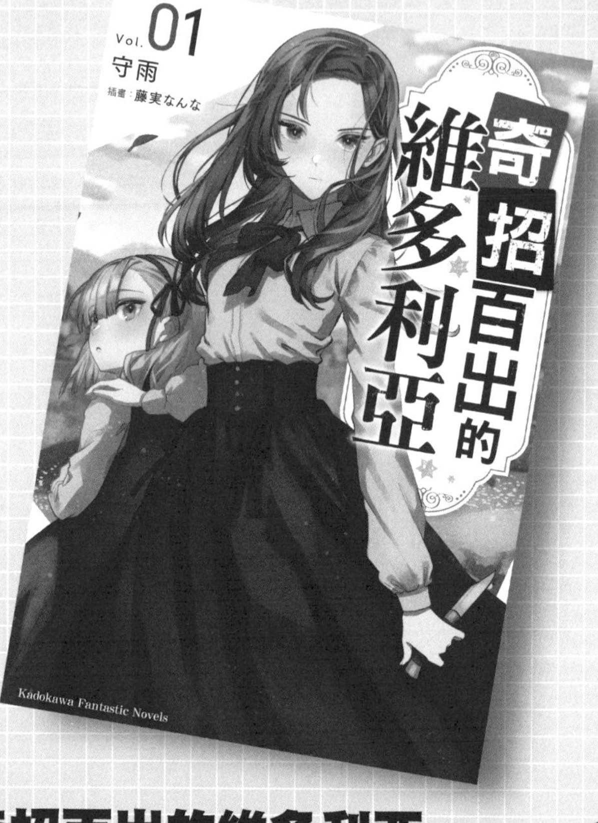

奇招百出的維多利亞 1 待續

作者：守雨　插畫：藤実なんな

頂尖諜報員銷聲匿跡後遠走他鄉
夢想過自己的小日子！

維多利亞是手腕高超的諜報員，因上司的背叛決定脫離組織，過著一般市民的自由人生。憑藉著諜報員時代的長才，她在新天地得以大展身手，然而組織怎麼可能放過她！許許多多的危機正悄悄逼近——重拾幸福的人生修復故事，拉開序幕！

NT$260/HK$87

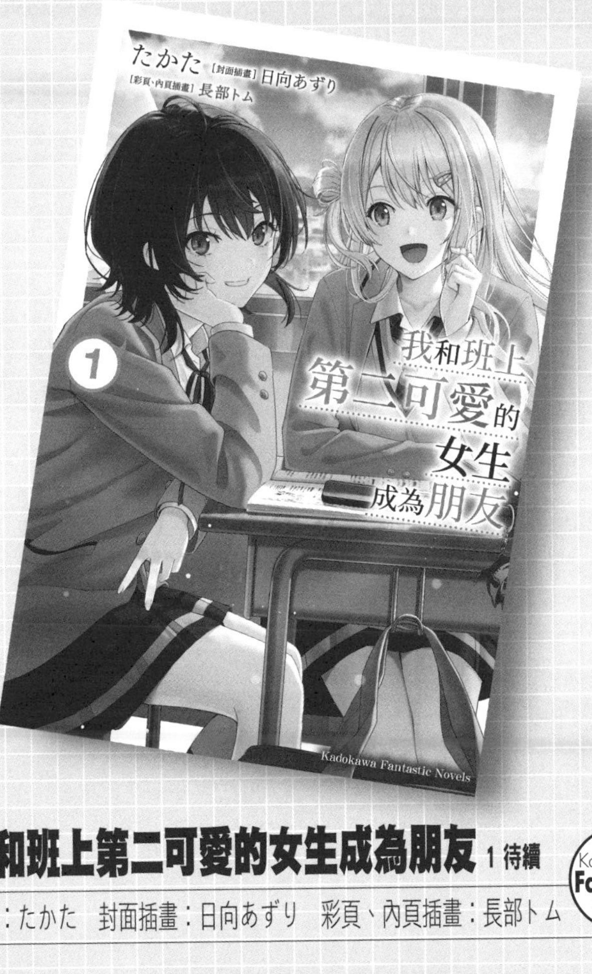

我和班上第二可愛的女生成為朋友 1 待續

Kadokawa Fantastic Novels

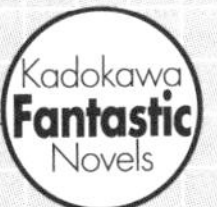

作者：たかた　封面插畫：日向あずり　彩頁、內頁插畫：長部トム

第六屆カクヨム網路小說大賽特別賞得獎作——
別人眼中的「班上第二可愛」，在我心中是最可愛的。

沒朋友的低調男前原真樹交到第一個朋友——朝凪海。男生都說朝凪同學是「班上第二可愛」。這樣的她只有在週五的放學後會偷偷來我家玩。從平常能幹的模樣，實在難以想像私下的她既率直又愛撒嬌。青澀年少男女之間的愛情喜劇就此開幕——

NT$270/HK$90

借給朋友500圓，他竟然拿妹妹來抵債，我到底該如何是好 1~2 待續

作者：としぞう　插畫：雪子

從五百圓開始的夏季戀愛喜劇第二幕！
朱莉的摯友小璃來襲——！

儘管發生了些小意外，求與朱莉之間的同居生活不知為何非常順利。不過朱莉畢竟是位考生。為了幫助想跟求與哥哥就讀同一所大學的她，求決定和她一起去參加校園參觀活動。結果到了當天早上，竟然有一位讓求感到懷念且熟悉的美少女突然來到家裡——！

各 **NT$230~240/HK$77~80**

【好消息】我的不起眼未婚妻在家有夠可愛。 1~6 待續

作者：氷高悠　插畫：たん旦

遊一與結花兩人為了各自的目標，
終於都做出了重大的決定！

我要去拜訪結花的老家，向她的雙親請安！然而，岳父揭露了令我意想不到的「真相」與「課題」。為了通過這些考驗，我終於要面對國中時代的黑歷史，與來夢重逢。而結花為了和班上同學培養感情，決定向大家坦白她與我的關係，以及「另一個她」？

各 **NT$200~230/HK$67~77**

國家圖書館出版品預行編目資料

原本陰沉的我要向青春復仇 ：和那個天使般的女孩一起Re life/慶野由志作；周庭旭譯. -- 初版. -- 臺北市：臺灣角川股份有限公司, 2023.08-

冊； 公分. -- (Kadokawa fantastic novels)

譯自：陰キャだった俺の青春リベンジ. 2, 天使すぎるあの娘と歩むReライフ

ISBN 978-626-352-818-5(第2冊：平裝)

861.57 112009606

Kadokawa
Fantastic
Novels

原本陰沉的我要向青春復仇 2 和那個天使般的女孩一起Re life

（原著名：陰キャだった俺の青春リベンジ 2 天使すぎるあの娘と歩むReライフ）

2023年8月9日　初版第1刷發行

作　　者：慶野由志
插　　畫：たん旦
譯　　者：周庭旭

發 行 人：岩崎剛人
總 編 輯：蔡佩芬
副總編輯：朱哲成
美術設計：宋芳茹
印　　務：李明修（主任）、張加恩（主任）、張凱棋

發 行 所：台灣角川股份有限公司
地　　址：104台北市中山區松江路223號3樓
電　　話：（02）2515-3000
傳　　真：（02）2515-0033
網　　址：www.kadokawa.com.tw
劃撥帳戶：台灣角川股份有限公司
劃撥帳號：19487412
法律顧問：有澤法律事務所
製　　版：巨茂科技印刷有限公司
ＩＳＢＮ：978-626-352-818-5